LE DUC INFLEXIBLE

CHRONIQUES DE RENCONTRES

LIVRE DEUX

DARCY BURKE

Traduit par
SOPHIE SALAÜN

Zealous Quill Press

Réalisé avec Vellum

LE DUC INFLEXIBLE

En tant que préceptrice en raffinement, Mme Juno Langton aide les jeunes femmes à acquérir les compétences et la confiance nécessaires pour s'assurer un mariage avantageux. Son caractère enjoué ne se dément jamais, quel que soit le défi à relever. Lorsqu'une partie de campagne lui offre l'occasion de jouer les entremetteuses entre sa difficile protégée et un duc, Juno est prête à tout pour satisfaire son employeur et assurer l'avenir de la jeune femme. Dommage que le duc en question soit un grincheux rigide et peu souriant, quoique d'une beauté agaçante.

Le duc de Warrington n'aime pas les événements mondains et méprise le marché du mariage, ce qui lui rend la recherche d'une épouse presque impossible. Il prévoit de trouver sa future duchesse lors d'une partie de campagne, mais elle est guidée par une Mme Langton très indiscrète et provocante, qui est bien décidée à découvrir ce qu'il y a de mieux en lui. Il est prêt à tout pour échapper à son charme solaire et à ses sourires qui illuminent la pièce, mais elle réussit à percer sa carapace et le seul moyen qu'il trouve pour la faire taire, c'est de l'embrasser. Il est censé épouser la jeune lady, et non désirer sa dame de compagnie. Mais à présent, il remet en question le choix de son épouse.

CHAPITRE 1

Septembre 1802

— *M*arina a fait beaucoup de progrès cet été, remarqua Mme Juno Langton, souriant à son employeuse, lady Wetherby. Elle pourrait sans doute faire un bref passage à York cet automne.

Les sourcils froncés et les lèvres pincées, lady Wetherby ne semblait pas convaincue. Mais, pourquoi en aurait-il été autrement ? Sa fille, Marina, était un véritable désastre d'un point de vue social. *Était.* Le travail de Juno était d'y remédier, et elle avait *effectivement* fait des progrès. Cependant, dire qu'elle en avait fait « beaucoup » était sans doute exagéré.

— En quoi s'est-elle améliorée, précisément ? s'enquit la comtesse, assise dans le fauteuil opposé de son salon privé, où elles se réunissaient chaque semaine pour discuter de Marina.

— En danse.

Parce qu'elles s'entraînaient plus d'une heure par jour.

— Son aisance dans les conversations.

C'était aussi parce qu'elles s'entraînaient plus d'une heure par jour. Et Juno n'était pas dupe : elle savait que Marina se sentait plus à l'aise avec *elle*, mais qu'elle aurait besoin d'un peu de doigté une fois arrivée à Londres. Ou à York, qui serait une excellente répétition pour Londres.

— Et qu'en est-il des sourires ? insista lady Wetherby. Je ne l'ai pas vue sourire plus qu'avant, c'est-à-dire, à peine.

Elle secoua légèrement la tête.

— Elle s'améliore également dans ce domaine.

Là encore, Juno avait réussi à faire progresser Marina, mais elle ne pouvait pas être certaine que sa protégée sourirait à d'autres personnes. Du moins, pas au début, et c'était bien là le problème. Jusqu'à ce que Marina apprenne à connaître une personne, elle restait extrêmement mal à l'aise en sa présence. Elle ne regardait pas les gens dans les yeux, elle s'agitait, et elle prononçait à peine un mot. Juno imaginait sans peine pourquoi aucun gentleman ne dansait avec elle une seconde fois, non pas lors d'un seul bal, mais tout au long de la saison.

— Je n'ai rien vu de tout cela, mais, d'un autre côté, j'ai l'impression que Marina prend plaisir à se comporter de manière particulièrement revêche avec moi.

Lady Wetherby pinça davantage les lèvres, et Juno se demanda si elles n'allaient pas finir par se ratatiner et disparaître.

— Je ne crois pas que ce soit vrai, my lady, protesta-t-elle avec un sourire rassurant. Je pense, avec tout le respect que je vous dois, que Marina souhaite vous faire plaisir, et qu'elle se rend compte qu'elle n'y est pas parvenue.

Les narines de lady Wetherby se dilatèrent.

— Seriez-vous en train d'insinuer que c'est de ma faute si elle est froide et maladroite ?

— Absolument pas, répondit Juno, et pourtant, la mère de Marina n'avait pas tout à fait tort. Peut-être que si vous l'encouragiez davantage, vous seriez récompensée par la démonstration des progrès qu'elle a accomplis.

Elle offrit son plus grand sourire à son employeuse, celui qui attendrissait généralement les personnes les plus glaciales. Non pas que ce soit le cas de lady Wetherby. Enfin, peut-être l'était-elle quand il était question de l'aînée de ses enfants. Juno l'avait vue en compagnie des plus jeunes, et elle semblait bien plus détendue.

— Je le ferai, répondit lady Wetherby, avant de pousser un soupir de dépit. Je suis sûre que vous avez raison de dire qu'elle fait des progrès. C'est la raison pour laquelle nous vous avons engagée après notre départ anticipé de Londres.

Le contrat précédent de Juno s'était achevé plus tôt que prévu lorsque son ancienne protégée avait séduit un comte. La famille avait été comblée par le tutorat de Juno, et celle-ci avait été ravie de prendre un peu de temps pour elle. Elle s'était rendue à Bath, où elle avait passé une belle quinzaine de jours dans les bras puissants d'un charmant capitaine. Cela aurait pu durer plus longtemps si elle n'avait pas reçu l'offre des Wetherby de s'occuper de leur fille, qui avait grand besoin de se perfectionner après une première saison désastreuse. Incapable de résister au défi, ou aux gages, Juno avait quitté son capitaine et s'était rendue dans le nord du Yorkshire.

— Je crains qu'elle ne soit destinée à devenir vieille fille, affirma lady Wetherby en fronçant les sourcils, ramenant Juno au présent.

— Je suis convaincue que nous pouvons éviter cela. Il existe un mari idéal pour Marina. Nous devons juste le trouver. Je pense qu'un court séjour à York pourrait être la bonne solution.

Juno tenait à ce que Marina puisse mettre en pratique ses nouvelles compétences dans un cadre mondain sans subir l'agitation et la pression de la saison.

— Je suis d'accord, acquiesça lady Wetherby en croisant les mains sur ses genoux. Pas au sujet de York, mais sur le fait que le mari idéal existe quelque part. À cet effet, nous avons été conviées à une partie de campagne le mois prochain. Le duc de Warrington sera présent. À ce que l'on dit, il déteste le marché du mariage, mais il est également en quête d'une épouse. C'est l'occasion rêvée d'organiser une rencontre entre Marina et lui.

Une lueur d'impatience et de confiance brillait dans ses yeux bleus, comme si les fiançailles entre Marina et le duc étaient un *fait accompli*.

Juno n'avait que vaguement entendu parler du duc. Comme il ne semblait pas très sociable, il était facile de croire qu'il ne s'intéressait pas au marché du mariage. Organiser une rencontre entre quelqu'un comme lui et quelqu'un comme Marina serait… un défi.

Juno adorait les défis. C'était ainsi qu'après la mort de son mari, elle s'était lancée dans cette carrière consistant à aider les jeunes femmes à faire ressortir leur assurance et leur charme naturels. Le fringant Bernard Langton avait entraîné la jeune et naïve Juno dans une folle histoire d'amour et de mariage, scandalisant les parents de la jeune femme et les conduisant à se distancer de leur fille unique.

Moins d'un an plus tard, Bernard était décédé, laissant Juno sans famille ni argent. Elle avait sauté sur l'occasion de devenir la dame de compagnie d'une lady âgée. C'était en aidant la petite-fille de cette lady à faire un mariage qui lui avait permis de s'élever dans la société que Juno avait commencé sa carrière de dame de compagnie, ou plus exactement de « préceptrice en raffinement ».

— Dois-je demander à Marina de se joindre à nous ? suggéra la jeune femme, espérant que sa protégée se montrerait à la hauteur et obtiendrait l'approbation de sa mère.

Ce qui, malheureusement, n'était pas une mince affaire.

— J'ai demandé à Dale de la faire venir, répondit lady Wetherby, tournant les yeux vers la porte qui se situait derrière Juno. La voilà.

La préceptrice tourna la tête au moment où Marina faisait une entrée prudente dans le salon. Vêtue d'une simple robe de jour bleu pâle, celle-ci tritura ses doigts en s'approchant, les yeux baissés.

— Lève les yeux, très chère, lui intima lady Wetherby d'un ton un peu cassant.

— Venez vous joindre à nous, Marina, intervint Juno, qui alla s'asseoir sur un canapé pour que sa protégée puisse s'installer à côté d'elle.

Marina leva brièvement les yeux, croisant ceux de Juno avant de la rejoindre. Une fois assise, elle tira sur sa jupe.

— Arrête ça, lui ordonna sa mère, sourcils froncés.

Juno se rapprocha de Marina, espérant que sa présence serait réconfortante.

— Nous avons des nouvelles réjouissantes à partager.

Marina lui lança un regard et ses doigts s'immobilisèrent. Se redressant, elle s'assit comme Juno le lui avait appris : épaules en arrière, colonne vertébrale raide, menton relevé, léger sourire en place. Un sentiment de fierté envahit Juno, ainsi que la joie de voir Marina trouver le courage de faire ce que l'on attendait d'elle en présence de sa mère.

Les traits de lady Wetherby reflétèrent la surprise et peut-être un soupçon d'approbation.

— Nous devons participer à une partie de campagne le mois prochain. Le duc de Warrington sera présent, et il est à la recherche d'une épouse. Ma chère, tu pourrais conquérir un duc sans avoir à subir une autre saison.

Juno éprouva un élan de tendresse en entendant la chaleur du ton de la comtesse. Certes, elle éprouvait une certaine frustration à l'égard de sa fille et elle ne la comprenait assurément pas. Mais elle voulait ce qu'il y avait de mieux pour elle, même si cela impliquait de lui éviter une saison, car elle savait que Marina avait détesté cette expérience.

Au lieu de montrer son soulagement à cette perspective, la jeune femme s'effondra, et son visage se renfrogna.

— Y suis-je obligée, mère ?

— J'en ai bien peur, répliqua la comtesse qui s'était raidie, arborant une expression déçue. J'espère que tu sauras démontrer l'enthousiasme nécessaire.

Se tournant vers sa protégée, Juno toucha doucement le bras de la jeune femme.

— Réfléchissez, cela vous donnera l'occasion de mettre en pratique tout ce sur quoi nous avons travaillé. Une partie de campagne est l'endroit idéal pour gagner en confiance et affiner vos compétences.

— Je n'en ai quasiment aucune, dit Marina à voix basse, adressant un regard perturbé à sa mère. Mais, je suppose que je n'ai pas le choix.

— C'est exact, confirma lady Wetherby d'un ton ferme. Nous partons dans quinze jours.

Son expression s'adoucit à nouveau.

— Le duc n'aime pas non plus le marché du mariage. Peut-être trouverez-vous un terrain d'entente, tous les deux. Je pense que ce pourrait être la rencontre que tu attends.

— Je n'attends aucune rencontre, marmonna Marina. Puis-je partir maintenant ?

— Oui.

La comtesse sembla plutôt découragée quand sa fille se leva et quitta la pièce en traînant les pieds.

Juno se crispa en se réajustant sur le canapé pour faire face à son employeuse.

— Elle sera prête pour la partie de campagne. Elle a simplement besoin de s'adapter. Nous avons amplement le temps de nous préparer.

— Au vu de ce que je vous paie, j'espère que vous avez raison. En fait, si vous pouviez faire en sorte que ces fiançailles aient lieu, j'augmenterais vos gages de manière substantielle, annonça lady Wetherby en se levant. Ne nous décevez pas, madame Langton.

La comtesse quitta la pièce, et Juno plissa les yeux, pensive. Une quinzaine pour s'assurer non seulement que Marina était prête pour une partie de campagne, mais aussi qu'elle était capable de séduire un duc. Ce serait le défi le plus difficile que Juno ait eu à relever.

Elle se leva d'un bond, impatiente de commencer.

~

*A*lexander Brett, duc de Warrington, entra dans le salon à six heures moins le quart. Sa mère, paisiblement assise sur le canapé rouge foncé, venait presque tous les soirs de la maison douairière pour dîner avec lui.

Elle l'observa tandis qu'il allait lui servir un verre de son madère préféré et se verser un cognac.

— Comment était ta journée ?

Après lui avoir donné son verre, il s'assit sur le fauteuil à côté du canapé. Mêmes boissons, mêmes sièges, même question pour entamer la conversation. Il aimait la constance.

— Productive.

— Comme toujours, murmura-t-elle. Je suppose qu'il ne s'est rien passé d'excitant ?

— Il y avait davantage de courrier que d'habitude, répondit-il avant de boire une gorgée de son cognac.

— Quelque chose d'intéressant ?

— Pas pour moi, mais tu trouverais sans doute notable l'invitation à une partie de campagne.

Sa mère, âgée d'une cinquantaine d'années et dotée de cheveux encore sombres, à l'exception de quelques mèches grises sur les tempes, s'assit un peu plus droite.

— Quelle partie de campagne ? Quand a-t-elle lieu ? s'enquit-elle, une étincelle enthousiaste dans le regard.

— Cela n'a pas d'importance. Je n'irai pas.

La comtesse pinça les lèvres avant de se détendre. Il voyait qu'elle choisissait soigneusement ses mots, alignant ses soldats pour la bataille à venir.

— Mais, tu devrais. Je sais que tu n'aimes pas les événements mondains ; cependant, c'est un petit rassemblement de personnes, qui n'a rien à voir avec les événements de la saison.

Dare, le surnom qu'on lui avait donné toute sa vie et qui était un diminutif du titre de noblesse qu'il portait, celui de marquis de Daresbury, avant la mort de son père trois ans plus tôt, plissa les yeux en direction de sa mère.

— C'est toi qui es à l'origine de cette invitation.

— Qu'est-ce qui te fait penser une telle chose ? s'enquit-elle, essayant de paraître innocente, mais elle détourna malgré tout le regard et éleva la voix.

Comme il ne répondait rien, elle le regarda et soupira.

— Très bien. Oui.

— Dois-je comprendre que tu as convaincu lady Cosford d'organiser une partie de campagne à laquelle je pourrais éventuellement participer ?

— Bien sûr que non. Je me suis contentée de faire quelques commentaires bien placés à des amies au cours des derniers mois.

— Quel genre de commentaires ?

— Que tu es à la recherche d'une épouse, répondit-elle avec un regard exaspéré. Enfin, c'est le cas.

Fronçant les sourcils, elle but une gorgée de madère.

— Et cela a conduit à une invitation à une partie de campagne à laquelle je n'ai aucune envie de participer.

Il laissa échapper un son guttural grave avant de boire une nouvelle gorgée de cognac.

— Ne grogne pas ! C'est tellement rebutant !

— Je ne grogne pas.

Sa mère haussa l'un de ses épais sourcils sombres, puis elle secoua la tête : apparemment, elle avait décidé que c'était une bataille qu'elle ne voulait pas mener.

— Tu devrais accepter l'invitation. Tu as besoin d'une femme, et je pense qu'en trouver une lors d'une petite partie de campagne dans le Warwickshire sera bien plus attrayant pour toi que de tenter ta chance sur le marché du mariage à Londres au printemps.

Dare frémit. C'était vraiment la dernière chose dont il avait envie. Malheureusement, sa mère avait raison. Il avait besoin d'une épouse. En outre, il s'était inquiété de savoir comment il pourrait en trouver une étant donné que, comme l'avait souligné sa mère, il détestait les rassemblements mondains.

Et s'il n'y avait personne qu'il pourrait envisager d'épouser à cette partie de campagne ? Il observa attentivement sa mère et décida de lui faire plaisir.

— Quel est le nom de la jeune femme ?

Surprise, elle le regarda, comme s'il n'avait pas deviné qu'elle avait en tête une rencontre bien particulière. Ses joues prirent une légère teinte rose, qui s'estompa rapidement.

— Lady Marina Fellowes, fille aînée du comte de Wetherby. Je suis sûre que tu le connais.

Ils travaillaient ensemble à la Chambre des lords.

Wetherby était un homme qui ne s'encombrait pas de bavardages, et qui allait toujours à l'essentiel. Dare ne savait même pas qu'il avait une fille. Ou même une famille, d'ailleurs. Peut-être sa fille ne serait-elle pas un moulin à paroles comme la plupart des jeunes femmes.

— Comment est-elle ? s'enquit-il prudemment.

— Très jolie et très douée pour les travaux d'aiguille.

Face à la fougue de la réponse de sa mère, il en vint presque à regretter d'avoir manifesté le moindre intérêt.

— Cela ne me dit rien. Est-ce une écervelée ?

— J'en doute.

Cette réponse n'était pas prometteuse. Peut-être que sa mère ne la connaissait pas.

— A-t-elle déjà participé à une saison ?

— Oui, à celle qui vient de se terminer, répondit sa mère, dont les traits se détendirent. Tu vas aimer ce que je vais t'apprendre. Elle est revenue plus tôt à la campagne. Je ne suis pas certaine que Londres, ou plutôt le tourbillon mondain de cette ville, soit à son goût.

— Tu aurais dû commencer par cela, marmonna Dare.

Si lady Marina était faite de la même étoffe que son père, et il n'y avait pas de raison qu'il en soit autrement, cette partie de campagne pourrait avoir du potentiel.

— J'assisterai à cet événement pour faire la connaissance de lady Marina.

— Pour voir si vous pourriez vous convenir ?

Dare lança un regard noir à sa mère, dont la joie était évidente.

— Oui.

Elle rit.

— Il faut toujours que tu te montres brusque, même lorsque se présente une occasion qui pourrait t'aider à atteindre tes objectifs sans avoir à subir ce qui t'ennuie au plus haut point.

« Répugne » était un terme plus adapté. L'idée de chercher une épouse le mettait mal à l'aise. L'enthousiasme de sa mère s'estompa.

— Devrais-je venir avec toi ? Je crois que je dev...

— *Non*, l'interrompit-il.

Si elle l'accompagnait, il deviendrait fou face à ses tentatives de le fiancer. Elle lui lança un regard noir, mais seulement pendant un instant.

— Tu es tellement sévère, murmura-t-elle. Pourrais-tu au moins essayer de te montrer charmant ? Ou peut-être sourire un peu ?

Le sourire, c'était pour les gens qui n'étaient pas sincères. Quand Dare souriait, il était sincère.

— Pourquoi faire semblant d'être quelqu'un que je ne suis pas ? Ma future femme devrait savoir précisément qui elle épouse.

Sa mère souffla.

— C'est ce qui me fait peur, lança-t-elle avant de faire une pause, rassemblant ses esprits une fois encore avant de s'engager dans la brèche. Si tu ne peux pas te montrer charmant, tu devras être... quelque chose. Tu ne peux pas espérer gagner la main de lady Marina si tu ne l'attires par d'une manière ou d'une autre.

— Je suppose que je vais devoir danser avec elle, déclara-t-il à contrecœur, car il détestait danser.

— Vous pourriez vous promener. Je suis sûre qu'il y aura beaucoup d'activités. Peut-être pourriez-vous aller faire une balade à cheval ensemble.

— Ce serait acceptable.

Il aimerait avoir une épouse qui aimait l'équitation. Il l'imaginait faire le tour de son domaine avec lui, parler aux locataires, offrir son aide et son soutien.

— Je suis soulagée de l'entendre.

Il haussa les épaules.

— D'un autre côté, le fait que je sois un duc suffira probablement à gagner la main de cette demoiselle, ou de n'importe qui d'autre, d'ailleurs.

Sa mère le dévisagea, puis but une longue gorgée de
madère, vidant presque son verre.

— Si c'est ce que tu penses, tu mérites une épouse qui ne
veut de toi que ton titre.

Apparemment, ce soir-là, ce serait sa mère qui remporte-
rait la bataille.

— Je suis plus que mon titre, dit-il d'une voix tranquille,
dans laquelle perçait une pointe d'agacement.

— Bien sûr, et j'espère que tu t'en rends bien compte. J'espère également que tu trouveras la femme capable de briser
cette carapace rigide que tu montres au monde. Elle ne verra
pas ton titre, et elle s'attachera à toi en dépit de tous tes
efforts pour la tenir à l'écart.

Dare cligna des yeux.

— Je ne ferai pas cela.

— Tu ne fais que cela, mon chéri, remarqua-t-elle, et la
lueur aimante dans son regard fit légèrement fondre sa carapace dure.

Il se cachait effectivement derrière un mur, et il aimait
cela. À l'intérieur de sa forteresse, les choses étaient en ordre,
et attendues. Il détestait le désordre, les émotions, et tout ce
qui était surprenant. La femme qui lui conviendrait
comprendrait cela et le laisserait tranquille.

Peut-être sa mère avait-elle raison, et qu'il tiendrait sa
duchesse à l'écart. Était-ce si grave ?

— Tu es beaucoup trop sentimentale, mère.

Le majordome entra et annonça que le dîner était servi.
Dare termina son cognac, et sa mère fit de même avec son
madère. Ils déposèrent leur verre vide sur une table pour que
le majordome les enlève, puis Dare aida la douairière à se
lever et lui offrit son bras.

Elle posa la main sur la manche de son fils, puis ils entrèrent dans la salle à manger, comme ils le faisaient tous les soirs. Un sentiment de paix s'installa en lui. *La constance.*

— Je t'aime, mon garçon, murmura-t-elle, juste avant de s'asseoir dans son fauteuil.

Ça, c'était différent. Et Dare fut surpris de constater que cela ne le dérangeait pas.

CHAPITRE 2

Juno cligna des yeux face à la lumière du soleil d'octobre lorsqu'elle descendit de la calèche et leva son visage vers le ciel. Tournant la tête, la façade de Blickton, une maison palladienne en pierre pâle construite au siècle précédent, lui apparut avec ses fenêtres étincelantes et sa porte grande ouverte.

Deux valets de pied en livrée s'activaient, l'un pour acheminer leurs bagages et l'autre pour les escorter jusqu'à la maison, où un troisième valet se tenait juste derrière la porte et les accueillait à Blickton. Tandis que Juno et lady Wetherby découvraient le grand hall d'entrée, Marina contemplait le sol. Peut-être trouvait-elle le marbre particulièrement fascinant.

Le majordome les conduisit au salon, où tout le monde était rassemblé. En chemin, ils passèrent devant une grande bibliothèque accueillante, dont les étagères débordaient de livres. Marina s'arrêta et s'attarda dans l'embrasure de la porte, regardant avidement à l'intérieur.

— Tu ne passeras pas ton temps dans la bibliothèque, intervint lady Wetherby d'un ton ferme. Je te l'interdis. Si je te vois avec un livre, je rassemblerai tous ceux que tu as accumulés à la maison, et j'en ferai don à une école.

Marina lui adressa un regard rebelle. Juno pouvait presque entendre son esprit se révolter. Non pas que la jeune femme l'exprimerait jamais à haute voix.

Alors qu'ils se dirigeaient vers le salon, Juno se cala sur le pas de Marina, marchant près d'elle.

— Nous trouverons un moyen d'explorer la bibliothèque. Laissez-moi faire, promit-elle à sa protégée en lui adressant un sourire encourageant.

— Merci, murmura la jeune femme.

Pendant un bref instant, elle posa sur Juno un regard rempli de gratitude.

— Nos dernières invitées sont arrivées ! s'exclama lady Cosford lorsqu'ils entrèrent dans le salon. Bienvenue, lady Wetherby, lady Marina et madame Langton.

Leur hôtesse baissa ensuite la voix pour s'adresser à elles personnellement.

— Je suis ravie que vous ayez pu venir, leur dit-elle, puis elle se retourna et fit signe de venir à un homme brun aux yeux noisette chaleureux. Cosford, chéri, viens saluer lady Wetherby et sa fille. Ainsi que la dame de compagnie de lady Marina.

Lady Cosford adressa un sourire à Juno, qui fut aussitôt frappée par la sensation indubitable qu'elle avait rencontré une âme sœur. Une personne dotée d'une attitude positive et d'une nature forte et déterminée. Elle espérait avoir raison.

Après avoir échangé des politesses, leur hôte s'éloigna. Lady Cosford discuta avec lady Wetherby de leur voyage, et Juno en profita pour observer leur environnement.

Balayant la pièce du regard, elle repéra aussitôt le duc de Warrington. Du moins, elle était à peu près certaine que c'était lui. Lorsqu'elle avait appris qu'il était présent et, surtout, que son employeuse souhaitait que sa fille devienne sa duchesse, Juno avait redoublé d'efforts pour se rappeler son visage et apprendre tout ce qu'elle pouvait sur lui.

Ce n'était pas un homme exceptionnellement grand, mais il était musclé et en forme, avec un visage très séduisant. Ou plutôt, il l'aurait été s'il n'était pas renfrogné. Il arborait les deux sourcils les plus froncés que Juno ait jamais vus. Épais et sombres, ils dominaient son expression tandis qu'il passait l'assemblée en revue. Ses yeux étaient également sombres, tout comme son épaisse chevelure. Tout en lui exsudait une certaine noirceur et un sérieux qui mirent aussitôt Juno sur ses gardes. C'était *lui*, l'homme qui était censé épouser sa protégée ?

— Venez, laissez-moi vous présenter au duc, proposa lady Cosford.

Soit elle avait remarqué l'intérêt que la préceptrice lui portait, soit elle était au courant que lady Wetherby espérait qu'il tomberait sous le charme de sa fille. Juno finirait par avoir le fin mot de l'histoire.

— Merci, répondit lady Wetherby.

Elles se dirigèrent vers le coin de la pièce où un nuage de pluie semblait stagner au-dessus de la tête du duc.

En chemin, Juno chuchota à l'oreille de Marina :

— Regardez le duc dans les yeux et souriez. Je sais que c'est difficile puisque vous ne le connaissez pas, mais rappelez-vous qu'il n'aime pas non plus les obligations mondaines.

Elle s'était beaucoup concentrée sur ce dernier point pour atténuer l'angoisse de Marina. Lady Cosford s'arrêta et sourit à cet abîme qu'était le duc de Warrington.

— Duc, permettez-moi de vous présenter lady Wetherby et sa fille, lady Marina, déclara-t-elle, puis elle se tourna vers Juno. Et voici la dame de compagnie de lady Marina, Mme Langton.

Le duc accorda à peine un regard à Juno, ce qui lui convenait parfaitement, d'autant plus qu'il concentrait toute son attention sur Marina. Mais ses traits ne s'étaient pas adoucis le moins du monde.

Marina exécuta une jolie révérence, les yeux rivés sur le sol, comme à son habitude.

— Enchanté de faire votre connaissance, duc.

Celui-ci ne répondit rien. Il posa les yeux sur lady Wetherby, qui lui fit également une révérence. Puis il fit de même avec Juno. Exécutant une révérence impeccable, celle-ci lui adressa son sourire le plus désarmant.

— C'est un vrai plaisir de vous rencontrer, my lord. Nous attendions ce moment avec impatience, n'est-ce pas, Marina ?

Elle se rapprocha de sa protégée, espérant que sa présence donnerait à la jeune femme le courage dont elle avait tant besoin.

— Oui, confirma Marina en levant les yeux, mais pas jusqu'au visage du duc.

Lady Wetherby fronça légèrement les sourcils en regardant sa fille, et Juno entendait déjà les critiques que cette femme formulerait plus tard. Se penchant vers Marina, Juno lui murmura d'autres conseils.

— Évoquez le temps qu'il fait, ou parlez de notre trajet. Peut-être pourriez-vous lui poser des questions sur son voyage ?

Agitant ses doigts, Marina fixa le cou du duc.

— C'est une très belle journée.

Alors qu'il la dévisageait, les plis de son front, dont Juno aurait parié qu'ils étaient toujours présents, s'accentuèrent.

— Je suppose…

Comment diable ces deux-là allaient-ils former un couple ? Juno éprouva une sensation inédite : un épais nœud de nervosité dans la poitrine.

— Il fait très beau, pour un mois d'octobre, remarqua lady Cosford, comme si la conversation entre le duc et Marina n'était pas la chose la plus embarrassante qui ait jamais eu lieu. J'en suis vraiment ravie, car j'ai prévu un pique-nique pour demain. Au bord du lac. Ce sera merveilleux !

Juno apprécia vivement l'enthousiasme de la femme et sa compréhension claire de la situation : ces deux-là avaient besoin d'aide.

— Oh ! Oui, ce sera vraiment très agréable, approuva-t-elle. Qu'avez-vous prévu d'autre ?

— Je suis sûr que nous le découvrirons plus tard, intervint le duc, lançant à Juno un regard férocement agacé.

Se mordant la langue, la préceptrice redoubla d'efforts pour conquérir cet homme : pas pour elle, mais pour Marina.

— Certainement. Et j'ai vraiment hâte.

— Excusez-moi.

Le duc fit un pas de côté et les contourna, veillant à ne pas passer trop près de Juno. Il s'approcha d'un valet de pied qui servait des boissons.

— Il est plutôt bourru, remarqua Marina, à la grande surprise de Juno.

— Voilà qui est un peu fort venant de ta part, répliqua lady Wetherby, heureusement avec une pointe d'humour et non de méchanceté.

— Pourrais-je avoir une boisson, mère ? s'enquit Marina, jetant un regard à un autre valet de pied qui portait un plateau.

— Je boirais bien un peu de vin, ou de ce qu'il y a de disponible, dit lady Wetherby, passant son bras dans celui de sa fille.

Elles s'éloignèrent ainsi, laissant Juno avec leur hôtesse. La préceptrice décida de ne pas mâcher ses mots.

— Je suppose que vous êtes au courant que lady Wetherby souhaite que sa fille se fiance au duc ?

— Oui, je m'en suis doutée. Et je me suis dit que je ferais ce qu'il fallait pour que cela fonctionne entre eux, expliqua lady Cosford, dont le regard couleur sherry se posa d'abord sur le duc, puis sur Marina. Ils sont bien assortis, ne trouvez-vous pas ?

— Je, euh… peut-être.

Juno aurait dû acquiescer, mais elle ne parvenait pas à imaginer sa douce protégée avec quelqu'un comme le duc. Certes, les gens ne voyaient pas sa protégée comme « douce ». Elle apparaissait distante et distraite, voire renfrognée. C'était également ce qu'avait pensé Juno lors de leur rencontre, mais, après quelques jours, elle avait appris à connaître la vraie Marina. C'était une jeune femme curieuse, une intellectuelle. Simplement, elle n'aimait pas être entourée de gens.

Juno ne devait donc pas juger le duc trop sévèrement. Peut-être était-il comme Marina, et, qu'avec le temps, tout le monde se rendrait compte qu'ils étaient effectivement faits l'un pour l'autre. Heureusement, ils disposaient de près d'une semaine pour le déterminer.

— Je propose que nous unissions nos forces, suggéra lady Cosford d'une voix tranquille, inclinant la tête vers celle de Juno. Le duc est venu chercher une épouse, et lady Marina est la seule jeune femme célibataire.

— Lady Cosford, auriez-vous établi la liste de vos invités de sorte que le duc et lady Marina soient les seuls à *pouvoir* former un couple ?

Une fois encore, Juno vit dans sa possible alliance avec lady Cosford non seulement le signe d'une amitié, mais aussi celui d'une complicité.

L'autre femme laissa échapper un léger rire.

— C'est possible.

Elle décocha un clin d'œil à Juno, et de fines rides apparurent autour de ses yeux. En se basant sur l'âge de ses enfants, la préceptrice estima l'âge de la femme entre trente-cinq et quarante ans, mais elle paraissait plus jeune. Peut-être était-ce dû à son tempérament enjoué.

— Si le duc est ici pour trouver une épouse, peut-être devrait-il améliorer son comportement, remarqua Juno avec ironie.

— J'ai cru comprendre que c'était là votre domaine d'expertise, dit lady Cosford en observant le duc, qui continuait à jeter des regards noirs sur tout et tout le monde. Peut-être serez-vous en mesure de faire ressortir le côté plus... chaleureux du duc.

— S'il en a un. Il est terriblement crispé.

Mais l'esprit de Juno était déjà en marche. Soudain, elle se sentait stimulée à l'idée d'essayer de découvrir la nature plus douce du duc. Et, s'il n'en possédait pas, mieux valait qu'elle le découvre maintenant, de sorte de pouvoir éviter à Marina de commettre une erreur.

— J'ai une idée qui favorisera le dialogue, annonça-t-elle, puis elle se rapprocha de lady Cosford et lui exposa son plan.

— Merveilleux ! Et si nous nous y mettions immédiatement, suggéra-t-elle avant de commencer à se tourner, puis de marquer une pause. Je pense que vous devriez m'appeler Cecilia, et... que nous devrions nous tutoyer. J'ai le sentiment que nous allons devenir de grandes amies.

Juno considérait que l'on n'avait jamais trop d'amis.

— Alors, *tu* dois m'appeler Juno. Je me réjouis de notre alliance, affirma-t-elle, puis elle remua les sourcils avant d'adopter un ton plus sérieux. Il faut que je me rapproche du duc inflexible.

— Oh ! Ce nom pourrait bien lui rester, répondit Cecilia avec un sourire narquois. Suis-moi.

Juno espérait que Marina ferait sa part quand son tour serait venu, car elle n'était pas certaine de pouvoir se placer à côté des deux personnes qui avaient besoin de ses conseils. Juste ciel ! Cette partie de campagne s'annonçait bien remplie et sans doute éprouvante. Elle attendait avec impatience ces gages supplémentaires qu'elle percevrait pour avoir arrangé cette union. Elle pourrait faire une longue pause entre deux emplois, ce qui signifiait qu'elle pourrait profiter des fêtes à Bath, et éventuellement trouver un gentleman pour lui tenir chaud pendant l'hiver. Oui, cela en vaudrait la peine.

Mais, tout d'abord, elle devait accomplir l'impossible.

~

*D*are se sentait terriblement mal à l'aise. Il y avait bien trop de gens entassés dans ce salon, aussi spacieux soit-il. Le vaste parc, visible depuis les grandes fenêtres, l'attirait vers l'extérieur, où il pourrait échapper à la conversation. Et à cette dame de compagnie particulièrement agaçante, dont le charme un peu trop travaillé lui donnait envie de quitter la partie de campagne.

Mais, non. Il était venu de loin pour trouver une épouse. Au moins, sa potentielle fiancée n'était pas agaçante. Elle était réservée, et elle semblait aussi mal à l'aise qu'il l'était. Ce pourrait bien être le mariage parfait.

Il but une gorgée de sherry, se disant qu'il était temps de se retirer de cette assemblée, quand lady Cosford se plaça au centre de la pièce avec son mari. Ce dernier tapota son verre pour attirer l'attention de tous.

Un agréable parfum floral nuancé d'orange tourbillonna autour de lui. Tournant la tête, il se rendit compte que cette dame de compagnie agaçante s'était déplacée pour se tenir à ses côtés. Elle lui sourit, dévoilant des dents blanches et bien alignées. Ses yeux, verts comme la sauge, pétillaient, comme si le voir était la chose la plus merveilleuse qui lui soit arrivée de toute la journée. Regardait-elle tout le monde comme ça ? C'était plus que désarmant. C'était tout à fait déconcertant.

— Bienvenue à tous, lança lord Cosford avant de jeter un

coup d'œil à sa femme, qui se tenait à ses côtés. Lady Cosford nous propose une agréable activité pour commencer les festivités.

Cette dernière adressa un sourire radieux à son mari. Les voir ensemble donna à Dare l'envie de lever les yeux au ciel. Quand il jeta un regard à la dame de compagnie, dont il avait oublié le nom, il vit qu'elle l'observait avec intérêt. Il aurait voulu qu'elle aille autre part.

— Merci, dit lady Cosford à son mari avant de s'adresser à la salle. J'ai pensé qu'il serait amusant de commencer par les présentations. Nous allons faire le tour de la salle et nous présenter, puis nous partagerons quelque chose d'intéressant. Par exemple, je vous dirai que je suis lady Cosford, et que j'adore les glaces au citron et au romarin. Formons un cercle, rapidement si possible… s'il vous plaît.

Elle se rapprocha du seuil de la pièce avec son mari, bloquant ainsi toute possibilité d'évasion, à moins que Dare ne veuille se jeter par l'une des fenêtres. L'idée était étonnamment séduisante. Il n'avait aucune envie de former un cercle avec les autres, pas plus qu'il n'avait envie de partager quoi que ce soit.

— Allons, par ici, dit la dame de compagnie d'un ton enjoué, le poussant à prendre place dans ce cercle infernal sans même le toucher.

Comment faisait-elle ?

— Parfait ! s'exclama lady Cosford, souriant toujours. J'ai déjà montré comment nous allions procéder, mais je vais vous livrer une autre information à mon sujet pour susciter votre enthousiasme.

Elle éclata de rire. Dare aurait voulu être n'importe où ailleurs, même dans une salle de bal londonienne.

— J'aime marcher sous la pluie. Pas une averse, bien sûr, mais une légère brume, c'est très agréable, surtout en automne.

Elle regarda son mari, et ils semblèrent partager une... connexion. Un instant silencieux au cours duquel quelque chose passa entre eux. Étonnamment, Dare n'eut pas envie de lever les yeux au ciel. Il éprouva une légère, mais nette jalousie.

Chassant ce sentiment, il se concentra sur d'autres sujets, notamment les travaux de rénovation de sa maison londo-nienne. Après la partie de campagne, il allait devoir se rendre sur place pour évaluer les progrès accomplis. Il parvint si bien à se distraire qu'il ne se rendit pas compte que c'était son tour.

La femme à côté de lui, la dame de compagnie de sa fiancée potentielle, le poussa doucement du coude.

— C'est votre tour, murmura-t-elle.

Son contact le choqua. Personne ne le touchait. *Jamais.* Sauf quand sa mère insistait parfois pour le prendre dans ses bras. Et ses maîtresses, quand il décidait d'en prendre une.

— Vous grognez, murmura-t-elle encore, ce qui l'incita à la regarder.

Vraiment ? Fronçant les sourcils, il observa le cercle de personnes qui semblait attendre, et il se demanda ce qu'il pouvait bien faire là.

— Vous savez tous qui je suis.

Il n'avait pas réfléchi à ce qu'il pourrait dire, pas plus qu'il n'avait écouté les autres. Aussi, il raconta la première chose qui lui vint à l'esprit.

— Je déteste les parties de campagne.

Les réactions furent plutôt amusantes. Deux ladies se plaquèrent une main sur la bouche, et plusieurs gentlemen sourirent ; l'un au moins hocha la tête en signe d'ap-probation.

La femme à côté de lui inspira brusquement. C'était son tour, à présent.

— Je suis Mme Langton.

Sa voix était empreinte d'une telle chaleur et d'un tel charme que même Dare éprouva l'envie de se tourner vers elle. Alors, il le fit.

— J'aime jouer aux échecs, mais je suis assez mauvaise à ce jeu, déclara-t-elle, puis elle lança un regard provocateur à Dare avant de conclure. De plus, j'*adore* les parties de campagne. C'est une merveilleuse occasion de rencontrer de nouvelles personnes et de passer du bon temps.

Dare ne pensait plus qu'à une chose : lui aussi aimait jouer aux échecs. Cependant, il était un joueur accompli, et il ne pouvait pas défier Mme Langton. Il se demanda quel était son prénom.

Mais… Il voulait jouer aux échecs avec elle, et connaître son nom ?

Ce n'était que parce qu'elle commençait à l'intéresser. Il était une personne désagréable, et elle ne semblait pas le moins du monde contrariée par lui. Soit elle était très douée pour cacher ses émotions, soit elle était la personne la plus agréable d'Angleterre. Peut-être était-elle les deux à la fois. Dans tous les cas, il la trouvait intrigante, et *ça*, c'était agaçant.

La personne à côté d'elle enchaîna, et Dare s'obligea à détourner le regard de Mme Langton. Il se rendait compte qu'elle était incroyablement séduisante. Petite, avec une coiffure assez complexe, elle portait les dernières tendances de la mode. Il ne le savait que parce que sa mère aimait regarder les planches des magazines et lui présenter ses modèles favoris lorsqu'il lui rendait visite à la maison douairière. De ce fait, il était en mesure de constater que Mme Langton était très bien habillée pour la dame de compagnie d'une jeune femme. Peut-être les apparences étaient-elles trompeuses à son sujet.

Comme il avait perçu l'espièglerie qui se cachait dans son expression enjouée, il n'avait pas de mal à le croire.

Il passa le reste de cet interminable exercice à réfléchir à la femme qui se trouvait à côté de lui. Comment était-elle devenue la dame de compagnie de lady Marina ? Était-elle issue d'une famille aisée ? Cela expliquerait ses vêtements. Était-elle vraiment une « madame », au sens d'une veuve, ou avait-elle adopté ce titre dans le cadre de son emploi ?

Lorsque lord Cosford, qui était heureusement la dernière personne dans le cercle, prit la parole, Dare s'en voulut beaucoup d'avoir passé autant de temps à penser à Mme Langton. Il la considérerait uniquement dans le cadre de sa relation avec la femme qu'il envisageait d'épouser. D'ailleurs, en parlant d'elle… il n'avait absolument pas écouté ce qu'elle avait dit.

— C'était très instructif, déclara lady Cosford. Maintenant, nous allons profiter d'un peu de répit avant que le dîner soit servi, à six heures et demie. Il sera suivi d'une soirée dansante et de jeux. Demain, nous irons pique-niquer au bord du lac. Ce sera très amusant !

Elle était presque aussi enthousiaste que Mme Langton.

Dare lança un dernier regard à cette dernière : elle l'étudiait encore. Tout comme il s'était senti déconcerté quand elle l'avait touché, il se sentait déstabilisé sous son regard.

— Je joue aux échecs, lança-t-il sans réfléchir.

— Vraiment ? Peut-être pourriez-vous m'aider à améliorer mon jeu.

Il aurait pu croire qu'elle fleuretait, mais la dame de compagnie d'une jeune femme ne ferait pas une telle chose. Ce qui signifiait qu'elle était tout simplement sincère quand elle disait vouloir s'améliorer aux échecs. N'est-ce pas ?

Oh ! Comme il détestait ce genre d'absurdités ! Il était temps pour lui de battre précipitamment en retraite et de faire tout son possible pour éviter Mme Langton pendant la durée de la partie de campagne. Il n'était pas particulièrement optimiste à ce sujet, car elle serait rivée aux côtés de lady Marina. Cela dit, elle ne l'était pas à cet instant…

— J'espère que nous vous verrons ici avant le dîner. Puis-je vous suggérer d'accompagner lady Marina dans la salle à manger ?

Quelle femme effrontée ! Mais il se doutait que c'était son travail, pousser sa protégée vers lui. Il n'arrivait pas à décider si une dame de compagnie était pire qu'une mère intrusive. Comme lady Marina était dotée des deux, il pouvait s'estimer malheureux.

— J'en serais honoré, affirma-t-il, alors que ses muscles le poussaient à s'élancer vers la porte dont lord et lady Cosford s'étaient heureusement éloignés.

D'autres invités s'en allaient, ce qui signifiait qu'il pouvait suivre leur exemple.

Sans plus de commentaire, il s'éloigna d'elle et quitta le salon en respirant profondément, comme si l'air était plus pur et ses poumons moins oppressés maintenant qu'il était loin de tout le monde. Plusieurs valets de pied se tenaient prêts à conduire les invités à leur chambre, car chacun s'était rendu directement au salon à son arrivée.

Dare trouva rapidement quelqu'un pour le mener à ses quartiers, une vaste suite située dans l'angle nord-ouest du premier étage, et qui donnait sur le parc et sur une partie de l'allée à l'avant de la maison. La vue était agréable et il n'y avait personne d'autre que lui et le valet de pied, qui était déjà en train de partir.

Sa solitude fut de courte durée, car son valet de chambre, Chadwick, arriva de la garde-robe voisine.

— Souhaitez-vous vous reposer avant le dîner, ou comptez-vous faire une promenade dans le domaine ?

Dare lança un regard reconnaissant à son valet, qui l'accompagnait depuis dix ans.

— Une promenade, sans aucun doute. J'ai passé bien trop

de temps dans la calèche aujourd'hui, et ensuite je suis resté enfermé à l'intérieur avec un nombre excessif de gens.

— J'ai déjà préparé vos vêtements dans la garde-robe, l'informa Chadwick, inclinant sa tête blonde à la calvitie naissante.

— Vous êtes extrêmement efficace, le complimenta Dare.

— Je m'efforce de l'être, my lord, répondit le domestique avant de tourner les talons et de retourner dans la garde-robe.

Impatient de sortir, Dare le suivit. Il avait hâte de vider son esprit de toutes les absurdités de la journée, et de se préparer à ce qui allait suivre.

CHAPITRE 3

— Ils forment un couple charmant, remarqua Cecilia tandis que Juno et elle regardaient Marina danser avec le duc. Leurs couleurs de cheveux, comme leurs personnalités, s'accordent parfaitement.

Toutefois, Juno n'était pas convaincue que leurs personnalités se convenaient. Certes, ils étaient tous les deux plutôt calmes, mais Marina n'était pas aussi... inflexible que le duc. Et elle n'était pas dotée du même esprit de contrariété. Jamais elle n'aurait osé déclarer à voix haute qu'elle détestait quelque chose, et encore moins devant deux douzaines de personnes. Et elle n'aurait certainement pas insulté son hôtesse.

— Cela t'a-t-il dérangée quand le duc a dit qu'il détestait les parties de campagne ? s'enquit Juno.

Cecilia agita la main en riant.

— Bonté divine, non ! Sa réputation de gentleman désagréable est bien connue. Honnêtement, je trouve que sa franchise est rafraîchissante au sein de notre classe.

C'était une façon de voir les choses. Juno devait bien admettre que Marina et lui formaient un beau couple, du moins en apparence. Peut-être était-ce dû à leur expression sérieuse et concentrée. Peut-être ces deux-là pourraient-ils former un couple assorti, décida-t-elle.

— J'apprécie ta manière astucieuse de nous placer au dîner.

Juno était heureuse que le duc et elle aient encadré Marina. Cela lui avait permis de soutenir et conseiller sa protégée, ce qu'elle avait fait à voix basse, tout en laissant à la jeune femme et au duc l'occasion d'apprendre à se connaître. Cependant, comme Cecilia l'avait remarqué, c'étaient deux personnes discrètes. Juno craignait qu'ils ne discutent pas suffisamment pour être en mesure de savoir s'ils se convenaient. Mais cela ne serait peut-être pas nécessaire. Il était possible que le duc ait déjà décidé s'il allait faire sa demande.

Juno espérait que ce n'était pas le cas. Elle préférait qu'ils prennent leur temps, quelques jours au moins, pour apprendre à se connaître, pour être sûrs de s'apprécier. Lady Wetherby s'en moquait... La seule chose qui l'intéressait, c'était une demande en mariage. Heureusement, elle était assise loin d'eux à la table du dîner ; Marina s'était montrée plus à l'aise. Elle avait même souri au duc. Une fois.

Cecilia se tourna vers elle, baissant la voix.

— Je suis plus que ravie d'apporter mon aide. En fait, j'ai pris des dispositions pour que Marina et Inflexible partagent une couverture de pique-nique demain, expliqua-t-elle, et sa lèvre tressaillit. Avec lady Wetherby et toi, bien sûr. M. et Mme Teasmore se joindront à vous. Les couvertures sont assez grandes pour six personnes, avec un valet de pied pour chacune d'entre elles.

— Voilà qui m'a l'air merveilleux. Je veillerai à ce qu'Inflexible et Marina se rendent ensemble à pied sur le lieu du pique-nique.

Cecilia hocha la tête avec enthousiasme.

— Et je ferai de mon mieux pour t'aider.

Un halètement, accompagné d'un chœur de voix, se fit entendre de l'autre côté de la pièce, là où les meubles avaient été déplacés pour la danse. La musique, interprétée au piano par la fille aînée de Cecilia, âgée de quinze ans, s'arrêta.

Juno et Cecilia se tournèrent vers le tumulte. Marina, assise sur le sol, était entourée d'une flaque de soie jaune pâle. Lady Wetherby se précipitait déjà vers elle, tandis que le duc aidait la jeune femme à se relever.

— As-tu vu ce qui s'est passé ? l'interrogea Cecilia.

— Non, répondit Juno, car elle avait été trop absorbée par leur conversation.

— Oh ! Regarde ! souffla Cecilia en observant le duc qui aidait gentiment Marina à se relever.

Puis il lui offrit son bras et l'accompagna jusqu'à une chaise. Il inclina la tête, et lui adressa quelques mots avant de se diriger vers la table des rafraîchissements.

— Charmant, murmura Juno.

Peut-être cette rencontre finirait-elle par donner quelque chose, après tout.

Le duc revint avec un verre de ratafia qu'il tendit à Marina. Elle accepta la boisson, puis lança un regard à Juno. Ses yeux étaient plus grands que la normale, et elle avait le front plissé. Juno avait déjà vu cette expression. Marina avait besoin d'aide.

— Excuse-moi, dit Juno avant d'aller rejoindre sa protégée.

Lady Wetherby s'assit à côté de Marina, et le duc se tint debout, juste à côté. La fille de Cecilia se remit à jouer et la danse reprit, sans Marina et le duc, bien sûr.

— Juste ciel ! Que s'est-il passé ? demanda lady Wetherby à sa fille.

— C'était ma faute, intervint le duc d'un ton bourru.

Marina leva brièvement son regard vers le sien. À cet

instant, Juno sut qu'il avait menti, qu'il l'avait fait pour la couvrir. Peut-être n'était-il pas si antipathique.

— Je suis sûre que non, répondit lady Wetherby en souriant, puis elle reporta son attention sur sa fille. Bon, Marina… Prête à reprendre la danse ?

— Je me suis fait mal à la cheville, mère, répondit la jeune femme d'une voix douce.

Elle adressa un nouveau regard suppliant à Juno. Le duc s'inclina devant Marina.

— Je vais vous laisser récupérer.

Juno remarqua le léger froncement de sourcils de lady Wetherby qui le regardait s'en aller.

— C'était une très belle soirée, remarqua-t-elle d'un ton radieux.

Elle ne s'était peut-être pas achevée comme l'aurait voulu la comtesse, mais le dîner avait été un succès, tout comme l'inquiétude du duc après la mésaventure au cours de la danse. Juno inclina la tête et remarqua ensuite :

— Il me semble que de grands progrès ont été faits, my lady.

Lady Wetherby pinça les lèvres.

— C'est ce que nous verrons.

— J'aimerais me retirer, intervint Marina, se relevant lentement.

Juno lui vint en aide, car la jeune femme semblait un peu chancelante.

— Je vais vous accompagner à l'étage.

— Je vais rester ici, annonça la mère de la jeune femme, levant les yeux vers sa fille. J'espère que ta cheville ira mieux demain matin.

— Je suis sûre que ce sera le cas, répondit Marina, qui prit le bras de Juno, et elles se dirigèrent vers la porte.

La préceptrice adressa un regard compatissant à Cecilia, lui signifiant ainsi en silence que tout allait bien. Celle-ci lui répondit par un léger hochement de tête. Le lendemain, lors du pique-nique, elles feraient tout leur possible pour renforcer la relation naissante entre le duc et Marina.

Cette dernière se déplaçait lentement quand elles sortirent du salon, et Juno commença à sérieusement s'inquiéter pour sa cheville.

— Êtes-vous gravement blessée ?

Marina se redressa et retira sa main du bras de sa préceptrice.

— Non, je voulais simplement m'en aller, avoua-t-elle, adressant un regard gêné à Juno.

— Je comprends que ce genre de rassemblements vous soit difficile, et, après votre mariage, vous pourrez peut-être les éviter complètement. En fait, si vous épousez le duc, je pressens que c'est ce que vous préférerez tous les deux.

— Il ne s'agit pas seulement de cela, déclara Marina. J'ai complètement oublié les pas de danse, et je me suis cognée au duc. Ce n'était absolument pas sa faute.

Le rouge lui monta aux joues et Juno lui tapota l'épaule.

— Ne soyez pas gênée. Ce genre de chose arrive à tout le monde à un moment ou à un autre.

— Je n'imagine pas une telle chose vous arriver, répliqua Marina, qui se laissa aller à l'un de ses rares sourires. Vous êtes tellement parfaite !

Juno rit.

— Pas vraiment. J'ai rencontré M. Langton lors d'une assemblée et j'ai renversé du punch sur lui.

Marina s'esclaffa.

— Je suis sûre que vous inventez.

— Je vous jure que non, affirma Juno, qui remarqua qu'elles approchaient de la bibliothèque. Venez, allons vous chercher un livre… ou même quatre, puisque votre mère n'est pas là !

Elle jeta un coup d'œil vers le salon, mais elle savait que

la comtesse y resterait tant que le vin coulerait à flots. Ensuite, elle se retirerait dans sa chambre, qui se trouvait juste à côté de celle que Juno partageait avec Marina. Elle ne saurait pas que sa fille s'était rendue dans la bibliothèque.

Heureusement, la pièce était vide. Cependant, elle était bien éclairée par un feu chaleureux qui brûlait dans la grande cheminée. Juno parcourut les étagères tandis que Marina choisissait des livres et les feuilletait. Elle les empila les uns après les autres sur une table avant de traverser la pièce pour poursuivre sa recherche. Un autre ouvrage atterrit sur une autre table.

Juno aimait voir l'enthousiasme de Marina ; elle aurait voulu qu'il s'étende au-delà des livres. Hélas, la jeune femme donnait l'impression qu'elle aurait été satisfaite de s'enfermer dans une telle pièce et de ne pas en ressortir pendant des mois, voire des années. Il était bien dommage que les gens attendent autant d'elle, mais c'était dû à la position dans laquelle elle était née. Juno comprenait un peu ce qu'elle ressentait. En tant que petite-fille d'un baron, tout le monde s'était attendu à ce qu'elle épouse un gentleman de la campagne, et non un fringant érudit qui venait d'être nommé directeur d'une école.

Ses parents avaient refusé d'approuver leur mariage et Juno ne les avait pas revus depuis. Cela faisait près de huit ans. Elle aimait à penser qu'ils seraient fiers de la vie qu'elle s'était construite. Juno était fière d'elle. En effet, elle avait tout ce qu'elle pouvait espérer : la respectabilité, le confort, et l'indépendance. Et elle n'avait pas de comptes à rendre, que ce soit à un homme ou à ses parents.

— Je suis prête.

Juno cligna des yeux, revenant de la rêverie dans laquelle elle s'était perdue quelques instants. Marina se tenait devant elle, cinq… non, *six* livres dans les bras.

— Est-ce seulement pour ce soir, ou pour toute la durée de notre séjour ? se moqua Juno.

— Oh ! Je pense qu'ils ne me dureront pas jusqu'à la fin du séjour. À moins que nous ne partions plus tôt, ajouta Marina avec enthousiasme.

— J'en doute, affirma la préceptrice tandis qu'elles sortaient de la bibliothèque.

Le seul moyen pour qu'elles quittent la partie de campagne plus tôt était que la jeune femme se fiance avec le duc. Ce qui *pouvait* se produire si ce dernier se montrait résolu. Ce trait de caractère semblait en tout cas convenir à son comportement. À ses yeux, il n'était pas homme à tergiverser.

Alors qu'elles gravissaient les escaliers, Juno demanda à Marina si elle appréciait le duc.

— Il est trop tôt pour le dire, répondit la jeune femme.

— C'était gentil de sa part de s'occuper de vous après l'incident sur la piste de danse.

Marina serra les livres encore plus fort contre sa poitrine lorsqu'elles atteignirent le sommet de l'escalier.

— C'est vrai. C'était particulièrement gentil. J'avoue avoir été surprise. Il semble si austère !

— Je soupçonne que son extérieur rugueux cache un intérieur doux et tendre.

Du moins, Juno l'espérait. Dans le cas contraire, elle se sentirait plutôt mal pour lui.

— À vous entendre, on dirait que vous parlez de nourriture. Ou peut-être d'une confiserie.

— Vous n'êtes pas si différente, constata Juno avec douceur. Votre apparence ne reflète pas toujours qui vous êtes vraiment.

Marina souffla.

— Je sais. J'essaie. Cela m'est tellement difficile de me sentir à l'aise avec les gens alors que je préférerais être seule !

Enfin, ce n'est pas toujours le cas. J'apprécie votre compagnie.

— Ce n'était pas le cas au début, se souvint Juno en riant alors qu'elles approchaient de leur chambre. Je me rappelle parfaitement les regards noirs que vous m'avez jetés pendant au moins trois jours.

Marina lui adressa un autre regard penaud.

— J'en voulais à ma mère de vous avoir engagée. Je ne voulais pas de « raffinement ». Je m'en suis prise à vous et j'en suis désolée.

Juno ouvrit la porte et fit signe à Marina de la précéder à l'intérieur.

— Les excuses ne sont pas nécessaires. Je suis habituée à ce que les jeunes femmes ne m'accueillent pas toujours avec joie.

Pourquoi le feraient-elles, alors que Juno était engagée pour remédier à une situation désastreuse ou quasi désastreuse ?

La jeune femme alla déposer ses livres sur la table de son côté du lit.

— Je vais devoir les cacher au cas où ma mère passerait plus tard.

Elle fronça les sourcils devant la pile d'ouvrages, puis marmonna quelques mots.

— Quelque chose ne va pas ? s'enquit Juno alors qu'elle retirait une boucle d'oreille qu'elle posa sur la commode.

Marina fronça les sourcils, l'air déçu.

— J'ai laissé un des livres en bas. Naturellement, c'est celui que je voulais lire en premier.

Juno était consciente des efforts que déployait Marina pour répondre aux attentes de sa mère, et elle voulait apaiser sa nervosité.

— Je vais descendre le chercher.

— Rien ne vous y oblige, répondit Marina d'un ton

sérieux. Je peux me débrouiller. J'ai bien d'autres choses à lire !

Ses joues rougirent quand elle tourna les yeux vers sa pile de livres.

— Cela ne me dérange pas. Vraiment, la rassura Juno.

— Vous êtes très gentille, déclara la jeune femme avec reconnaissance. Il est sur la table près des fenêtres au fond de la bibliothèque.

Adressant un sourire et un geste de la main à Marina, Juno quitta la chambre à la hâte, se précipitant au rez-de-chaussée pour éviter qu'une servante ou un valet de pied ne replace le livre sur l'étagère avant qu'elle arrive. Cependant, la bibliothèque n'était plus vide. Au-dessus de la table indiquée par Marina se tenait le duc de Warrington.

Il se tourna vers Juno quand elle s'approcha.

— Bonsoir, my lord, le salua-t-elle. Je vois que vous avez trouvé mon livre.

Il le prit, tourna la couverture et feuilleta quelques pages.

— Vous allez lire un ouvrage sur les papillons ?

— Non. En réalité, ce livre est pour lady Marina. Mais je pourrais sans doute trouver de l'intérêt aux papillons.

Juno lisait surtout des magazines et les journaux. Elle aimait se tenir au courant de ce qui se passait dans le monde et connaître les dernières modes.

— Lady Marina est exceptionnellement cultivée.

Certains gentlemen trouveraient cela ennuyeux, mais elle se doutait que ce ne serait pas le cas du duc. Une lueur de curiosité jaillit dans ses yeux, et Juno fut heureuse de constater qu'elle avait raison.

— Éprouve-t-elle un intérêt particulier pour les papillons ?

— Je n'en suis pas certaine. Elle lit généralement tout ce qui lui tombe sous la main, répondit Juno en joignant les mains devant sa taille. Elle et vous sembliez bien vous entendre au dîner.

— Joueriez-vous les entremetteuses, madame Langton ?

Venant d'un autre gentleman, cela aurait pu être un commentaire séducteur, mais, de la part du duc, c'était une accusation. Ou peut-être était-ce simplement dû à ses sourcils diaboliques. Épais et sombres, ils étaient remarquablement expressifs. Perspicaces. Imposants. Captivants.

Quoi ? *Non !*

Juno cligna des yeux.

— J'ai été engagée pour veiller à ce que lady Marina connaisse le succès sur le marché du mariage. Si cela fait de moi une entremetteuse, alors je suppose que j'en suis une.

— Vous êtes donc plus qu'une dame de compagnie ordinaire, déclara-t-il, ses yeux sombres la scrutant d'un regard langoureux. *Extra*ordinaire…

Il prononça le dernier mot dans un murmure grave et rauque, mais, d'un autre côté, chacune de ses paroles donnait l'impression qu'il avait avalé de l'obscurité. Elle ne pouvait pas dire qu'elle n'appréciait pas cela. En fait, il lui était impossible de ne pas porter toute son attention sur ses moindres paroles.

Sauf qu'elle refusait de le faire. Ou, du moins, de le laisser remarquer que c'était ce qu'elle faisait. Aucun homme n'exercerait plus le moindre pouvoir de séduction sur elle. C'était elle la provocatrice, à présent, et elle était très, *très* sélective.

— Vous aviez l'air d'apprécier la compagnie de lady Marina, poursuivit Juno, se concentrant sur la seule chose qui comptait : favoriser une union entre le duc et la jeune femme.

— Elle est calme et agréable.

— Marina… lady Marina… a également passé un bon moment.

La préceptrice utilisait le prénom de sa protégée à

dessein, espérant que le duc commencerait à penser à elle de manière plus intime.

— Cela inclut-il la danse ?

Y avait-il un peu d'humour dans sa voix ? Juno ne put s'empêcher de sourire. Cette rencontre *pourrait* s'avérer fructueuse.

— Non, pas la danse. Je crains que Marina n'en soit pas vraiment férue, même quand tout se passe bien. J'espère que cela ne vous dérange pas.

— Pas du tout. En fait, je considère que c'est un point en sa faveur. Je déteste danser.

— Il semblerait que vous détestiez beaucoup de choses, remarqua Juno, non sans une pointe de sarcasme.

— Je ne vois pas l'intérêt de faire semblant d'aimer ce que je n'aime pas. Si je disais que j'aimais les parties de campagne, je recevrais des invitations à n'en plus finir. Si je prétendais aimer danser, l'on attendrait de moi que j'arpente toutes les pistes de danse. Mieux vaut fixer des attentes précises, vous ne croyez pas ?

Juno ne trouva rien à redire à cela.

— J'admets que votre franchise est rafraîchissante, voire déconcertante.

— Vous vous y habituerez. Ou pas. Je m'attends à ce que notre relation soit de courte durée.

Il avait raison. Qu'il épouse Marina ou non, Juno passerait à sa prochaine cliente après un répit bien mérité pendant les fêtes de fin d'année.

Le duc leva la main et la tendit vers l'oreille de la jeune femme. Elle se figea, s'attendant à ce qu'il la touche. Mais il n'en fit rien. Il baissa le bras.

— Il vous manque une boucle d'oreille. L'avez-vous perdue ?

Elle porta les doigts au lobe de son oreille.

— Non. Je l'ai retirée quand j'étais à l'étage.

— J'allais vous proposer de vous aider à la retrouver.

Vraiment ? C'était un drôle de gentleman.

— Et vous, my lord, qu'aimez-vous ?

Il hésita, haussant un sourcil.

— Monter à cheval. Marcher. Être à l'extérieur. Lire. Les échecs.

Son regard se posa sur un échiquier placé sur une petite table flanquée de deux chaises. Juno mémorisa ces informations, puis recentra leur conversation, de peur qu'elle ne continue à le trouver intéressant. Cela ne servirait à rien.

— Marina a apprécié votre gentillesse après la mésaventure de la danse.

La lèvre du duc tressaillit, et il détourna le regard. Juno aurait pu jurer qu'il avait laissé échapper un petit grognement, mais elle devait entendre des choses.

— Ce n'était pas de la gentillesse, protesta-t-il.

— Que vous l'ayez voulu ou non, c'était exactement cela.

La préceptrice se demanda si les compliments mettaient le duc mal à l'aise. Sa mère était ainsi.

— Tenez, dit-il en lui tendant le livre, et leurs doigts se frôlèrent lorsqu'elle s'en saisit.

Un éclair de chaleur remonta le long du bras de Juno. Elle leva les yeux vers ceux du duc, surprise de constater qu'il la regardait avec une intensité qui reflétait la chaleur qui s'emparait soudain de son corps.

— Merci. Bonne nuit.

Elle tourna les talons et quitta précipitamment la bibliothèque, agacée envers elle-même de n'avoir pas discuté avec lui du pique-nique du lendemain. Il avait dit qu'il aimait que les gens sachent à quoi s'attendre. Elle aurait dû lui dire qu'ils seraient tous assis ensemble, de sorte qu'il puisse anticiper.

Elle s'efforcerait de faire le contraire.

∿

*A*près une promenade matinale grisante sur l'une des meilleures montures de Cosford, Dare se sentait très bien et en pleine forme. Il se réjouissait même à l'idée du pique-nique. Toute activité divertissante qui pouvait se dérouler en plein air devenait aussitôt plus attrayante.

En fait, il était même si impatient qu'il était parti avant même d'avoir pensé qu'il devait escorter lady Marina et sa dame de compagnie. Il contemplait le lac depuis l'aire du pique-nique lorsque les autres invités commencèrent à arriver.

Lady Marina, sa mère et Mme Langton étaient au milieu du groupe. L'attention de Dare se porta en premier lieu sur la dame de compagnie, qui se tenait entre les deux autres femmes. Elle était plus petite qu'elles, sa silhouette était plus menue. Une fois encore, elle portait une tenue élégante qui ne correspondait pas à son poste. Elle avait l'air d'un membre de la famille, pas d'une employée rémunérée. Sauf que ses cheveux blonds et ses yeux verts, ainsi que sa stature, contrastaient avec les cheveux foncés et les yeux bleus des femmes Fellowes, plus grandes.

Comme à l'accoutumée, Mme Langton arborait un sourire radieux et semblait sur le point de rire. S'il avait dû la décrire, il aurait dit qu'elle était perpétuellement enchantée. Ce qu'il trouvait extrêmement agaçant, mais aussi intrigant. Il fallait qu'il accorde plus d'attention à lady Marina. Elle n'était pas agaçante du tout… ni enchantée, d'ailleurs. Elle était réservée et farouche, la compagne idéale pour lui. Elle ne le pousserait pas à sourire, ou presque, et ne lui lancerait pas de compliments.

Néanmoins, il se surprenait à vouloir en savoir plus sur Mme Langton. Comment en était-elle venue à être cette *extra-ordinaire* dame de compagnie qui s'habillait comme si elle dirigeait la bonne société d'une seule main ? Elle rayonnait d'assurance et de charme. Elle était le genre de femme qu'un duc normal, qui se souciait des apparences et d'occuper une position sociale dominante, aimerait avoir. Sauf qu'elle était une dame de compagnie, et qu'elle était rémunérée pour cela.

Pourquoi diable pensait-il encore à elle ?

Dare reporta son attention sur sa potentielle future épouse. Il était tellement concentré qu'il ne remarqua pas que son hôtesse s'était approchée de lui.

— Duc, puis-je vous conduire à votre couverture ? lui proposa-t-elle avec un sourire agaçant.

D'un autre côté, existait-il des sourires qui ne l'étaient pas ? Sans doute que ceux qui étaient sincères pouvaient aller. Le problème, c'était qu'ils n'étaient pas nombreux.

— Je vous ai placé avec lady Marina.

Évidemment. Il faillit lui demander si toutes les personnes présentes, y compris les domestiques, jouaient les entremetteurs, mais il tint sa langue. Peut-être n'avait-il pas besoin de dire tout ce qu'il pensait, même s'il croyait sincèrement qu'il était utile d'être parfaitement franc.

Il se contenta de remercier lady Cosford et de la laisser le conduire à la couverture où lady Marina et son entourage s'installaient déjà sur des coussins artistement placés.

Fronçant les sourcils devant son propre coussin, Dare l'écarta pour s'asseoir à côté de lady Marina. Mme Langton se trouvait derrière eux, tandis que lady Wetherby était installée de l'autre côté de sa fille. *Tant mieux.* Avec un peu de chance, elle n'essaierait pas de parler à Dare en présence de lady Marina. Il avait déjà conclu qu'elle était une vraie plaie.

Un autre couple rejoignit leur groupe sur la couverture, et le duc ne prit pas la peine d'essayer de se rappeler de qui il s'agissait. Dare était ici pour trouver une épouse, pas pour nouer des relations sociales.

— Bonjour, dit-il pour engager la conversation avec lady Marina.

Elle croisa à peine son regard.

— Bonjour.

Établissait-elle un contact visuel avec quelqu'un d'autre que sa mère et Mme Langton ? Dare n'en avait pas l'impression, mais peut-être n'était-il pas assez attentif. Dommage qu'elle ait une dame de compagnie aussi distrayante. Il aurait mieux valu pour elle qu'elle se retrouve avec une tante gâteuse qui portait des bonnets en dentelle et piquait du nez sur son verre de sherry. Une personne qui n'était ni belle ni intéressante. Ou dont un simple effleurement provoquait un sentiment alarmant de… *oh, bon sang !*

Dare faillit interroger lady Marina au sujet du livre sur les papillons, mais il aurait alors dû lui expliquer comment il était au courant de son existence. Ce qui signifiait qu'il devrait révéler avoir croisé Mme Langton dans la bibliothèque la veille au soir. Et qu'y aurait-il de mal à cela ? Cela n'avait rien de scandaleux.

Alors, pourquoi en avait-il l'impression ?

— J'aime être dehors, dit-il, interrompant la direction troublante de ses pensées. Et vous ?

— Je suppose que oui. J'aime le calme.

— Vous préféreriez être seule sur cette couverture.

Elle posa le regard sur le sien, mais brièvement.

— Peut-être.

Elle avait hésité, comme si elle avait eu envie de dire oui, mais qu'elle avait décidé que ce n'était pas bien.

— Seule sur cette couverture, et sans les autres couvertures autour, je parierais. Si j'étais un parieur, ce qui n'est assurément pas le cas.

Dare n'aimait pas les choses inattendues ou laissées au hasard. Tous ses investissements étaient prudents et solides, et il n'avait même jamais franchi la porte d'un cercle de jeu.

Il pensa qu'elle allait répondre, mais, comme elle n'en fit rien, il se tut. Il n'allait pas se donner trop de mal pour la pousser à parler. Pourquoi le ferait-il alors qu'ils se sentaient tous les deux à l'aise dans une quiétude mutuelle ?

Alors que l'on servait les boissons, Dare manqua de renverser son vin lorsque Mme Langton se rapprocha dans son dos.

— Vous devriez l'inviter à vous promener, murmura-t-elle. Elle est timide, mais si vous êtes seuls tous les deux, elle se détendra. Vous pourrez ainsi faire plus ample connaissance.

Un frisson parcourut la nuque de Dare. Le parfum fruité et floral de Mme Langton envahit ses sens. Il but une grande gorgée de vin.

Il n'avait pas particulièrement envie de se promener avec lady Marina, mais il devait le faire. Si elle devait devenir son épouse, il fallait qu'ils apprennent à se connaître. Ce n'était pas comme s'ils pouvaient passer toute leur vie dans le silence. Le pourraient-ils ?

Tournant la tête, il demanda à lady Marina si elle souhaitait se promener. Un valet de pied lui prit son verre de vin.

Lady Marina se tourna vers sa mère qui, à son tour, jeta un coup d'œil à Mme Langton.

— Emmenez Juno avec vous, dit lady Wetherby.

Juno. Tenait-elle son prénom de la déesse Junon ?

Dare aida lady Marina à se lever, puis se tourna pour porter assistance à sa dame de compagnie également. Les yeux de Mme Langton, couleur de sauge, croisèrent les siens. Il savait qu'elle ne cherchait pas à se montrer provocante, mais il brûlait d'envie de se plonger dans leurs profondeurs vertes.

Fronçant les sourcils, il lui tourna le dos et offrit son bras à lady Marina. Ils s'éloignèrent de la couverture, en direction du lac. Il se sentait déstabilisé, agité. *À cause de la déesse.*

Dare s'obligea à concentrer son attention sur son endroit de prédilection : l'extérieur. C'était une belle journée d'octobre ; la matinée avait été fraîche et humide, tandis que l'après-midi était chaud et lumineux. Les arbres n'avaient pas encore complètement revêtu leurs couleurs automnales, mais ils arboraient déjà des tons d'or et d'orange. Inspirant profondément, Dare reçut une grande bouffée du parfum délicieux et caractéristique de Mme Langton. Il se renfrogna.

Lady Marina avait rompu le silence, mais Dare n'y avait pas prêté attention.

— Pardon ? aboya-t-il.

Elle hésita.

— Pourrions-nous ralentir un peu ?

Allait-il trop vite ? Il n'en avait pas l'impression. Néanmoins, il ralentit son rythme jusqu'à ce qu'il ait l'impression de marcher dans un cours d'eau rapide.

— Merci, murmura-t-elle.

— J'aime marcher rapidement. La plupart du temps, je profite d'une longue et vigoureuse promenade de santé.

— Je préfère un rythme plus tranquille.

— Je vois cela.

Sa mère lui dirait qu'il se montrait laconique. Cependant, il ne pouvait s'empêcher d'être lui-même ou de préférer parler sans se censurer. Sa future épouse devait le comprendre et l'accepter.

Ils étaient arrivés au lac, une petite, mais jolie tache bleue entourée de fleurs et de verdure et, à un endroit, d'une plage boueuse. Cet endroit aurait été idéal pour entrer dans l'eau pour une baignade rafraîchissante, ce qui lui semblait être une perspective tout à fait plaisante. Du moment qu'il s'agissait d'une activité à pratiquer en extérieur, Dare l'appréciait.

— Oh !

Lady Marina retira sa main de son bras et s'éloigna précipitamment en agitant les bras dans tous les sens. Il l'observa, consterné.

— Que diable vous arrive-t-il ?

— Il y a une abeille !

— Elle ne vous fera pas de mal, lui dit-il calmement. Plus vous bougez, plus vous risquez de l'énerver.

La jeune femme continua d'agiter les bras, jusqu'à ce que son chapeau se détache. De plus, elle se rapprochait dangereusement du bord du lac.

— Attention ! la prévint-il, tendant la main au moment où Mme Langton se plaçait entre sa protégée et l'eau.

La main de Dare heurta l'épaule de la déesse, qui tomba directement dans le lac.

— Doux Jésus !

Le duc n'hésita pas une seconde et se jeta à l'eau.

Heureusement, elle n'était pas très profonde, et il se releva rapidement, ses bottes collées au fond boueux. La déesse battait des mains à la surface de l'eau, luttant pour rester debout. Ce qui devait être bien plus difficile vu qu'elle portait une robe.

Dare la souleva dans ses bras pour la sortir de l'eau.

— Est-ce que vous allez bien ?

— Je ne sais pas nager.

— Moi, si. Peut-être devriez-vous apprendre.

— Si c'était une manière de me proposer de m'apprendre à nager, je crois que je vais passer mon tour. Je pense que vous ne seriez pas un professeur agréable.

Les paroles de la déesse lui firent l'effet d'un coup de poing.

— Néanmoins, je suis heureuse que vous sachiez nager et que vous ayez pu me sauver.

— Il n'était pas nécessaire de nager. Ici, l'eau ne m'arrive même pas à la taille.

La serrant dans ses bras, il la hissa sur la rive au beau milieu d'un massif de marguerites désormais écrasées. Elle vacilla légèrement sur ses pieds, mais retrouva son équilibre. Baissant les yeux sur sa robe, elle éclata de rire.

— Mon Dieu ! Je suis dans un état lamentable !

Le rire de Juno choqua Dare. Il s'attendait à de l'agacement ou de la contrariété, mais pas à de l'*humour*. Il esquissa un sourire malgré lui ; surpris, il se renfrogna davantage.

Lady Marina prit la main de sa dame de compagnie et l'éloigna du lac.

— Je suis sincèrement désolée, Juno !

Juno. Dare ne se lasserait jamais d'entendre ce prénom. En fait, il refusait de penser à elle autrement que sous ce nom à partir de maintenant. Il se hissa sur la berge et se redressa, dégoulinant de toutes parts, en particulier des cheveux. Il leva la main et tapota le sommet de son crâne, et se rendit compte qu'il avait perdu son chapeau.

Lorsqu'il se tourna vers Juno, il en eut presque le souffle coupé. Sa robe était collée à sa silhouette, petite, mais incroyablement galbée. Cette image ne laissait que peu de place à l'imagination. En fait, elle lui donnait toutes sortes d'idées. Le corps de Dare réagissait déjà malgré tout. Il jura violemment, et, lorsque les deux femmes portèrent leur attention sur lui, il se rendit compte qu'il l'avait fait assez fort pour qu'elles l'entendent. Il jura à nouveau, mais en silence cette fois.

— Madame Langton, l'appela un valet de pied, qui lui tendit une couverture qu'elle enroula autour d'elle.

— Est-ce que vous allez bien ? s'enquit lady Cosford, qui était arrivée juste derrière le domestique. Lady Wetherby suivait, mais il lui restait encore quelques mètres à parcourir.

La déesse tenta d'ajuster son chapeau, qui pendait de travers sur sa tête.

— Je suis simplement mouillée.

— Nous devons remercier le duc, remarqua lady Cosford, lui adressant un regard empreint de gratitude.

— Je suppose que oui, murmura Juno, en lui adressant un regard noir étourdissant qui aurait dû le réduire à néant.

Au lieu de cela, il se sentait étrangement et merveilleusement *vivant*.

Et si cela n'était pas absolument terrible, il ne savait pas ce qui l'était.

— Je vais vous accompagner jusqu'à la maison, proposa lady Marina d'une voix timide, posant la main sur le bras de sa dame de compagnie.

— Tu ne peux pas rentrer ! intervint lady Wetherby, qui semblait essoufflée, respirant par à-coups.

— Mère, je suis sûre que le duc doit lui aussi retourner à la maison, s'emporta lady Marina, dans une rare manifestation d'émotion.

Juno posa sur elle un regard empreint d'admiration.

— Il faut que je retire ces vêtements mouillés.

Dare faillit gémir à cette simple pensée.

Lady Marina et la déesse, qui aurait tout aussi bien pu être Aphrodite désormais, remarqua-t-il de façon un peu absurde, se dirigèrent vers la maison, non sans que Juno lui ait adressé un autre regard troublé. Il l'agaçait, et pourquoi en aurait-il été autrement ? C'était lui qui l'avait fait tomber dans le lac. Il lui devait des excuses. Oui, il veillerait à les lui présenter plus tard.

Mais, tout d'abord, il devait se débarrasser de ses vêtements mouillés. Et sans doute faire usage de sa main, de peur de passer le reste de la journée avec une érection démesurée.

CHAPITRE 4

À sa sortie du lac, Juno empestait l'odeur d'une paire de bottes qui aurait passé une semaine sous la pluie. Peut-être un mois. Elle se sentit beaucoup mieux après un bain chaud et parfumé. En tout cas, elle se sentit mieux physiquement. Mentalement, elle était toujours en colère contre le duc. Non pas parce qu'il l'avait accidentellement poussée dans le lac, mais parce qu'il s'était comporté comme un odieux mufle lors de la promenade avec Marina.

Juno ne pouvait tout simplement pas encourager une union entre sa protégée et le duc inflexible. Et maintenant, elle devait en faire part à lady Wetherby.

Redressant les épaules, elle se dirigea vers la chambre de la comtesse et frappa à la porte, espérant ne pas déranger sa toilette d'avant dîner. Sa femme de chambre lui répondit et la fit entrer. Lady Wetherby était assise, les cheveux à moitié coiffés.

— Vous êtes sèche, constata la comtesse.

Était-elle surprise que Juno se soit lavée après être tombée dans le lac ?

— C'était un véritable gâchis ! Cela a ruiné le pique-nique de Marina.

Juno secoua légèrement la tête, car la comtesse pouvait se montrer parfois difficile à suivre.

— Oui, c'était assez frustrant. Mais je suppose que la faute en incombe au duc.

Juno ne se priverait pas de faire remarquer que c'était lui qui avait provoqué ce « gâchis ». Lady Wetherby fit un signe de la main, et la femme de chambre s'affaira de nouveau à la coiffer pour le dîner.

— Pourquoi le lui reprocherions-nous ? Oh ! Il vous a bousculée, n'est-ce pas ? J'en ai entendu parler.

Pour la comtesse, il s'agissait d'un sujet secondaire.

— Oui. C'était après qu'il s'était montré peu charitable envers Marina alors qu'elle se faisait poursuivre par une abeille.

Marina avait été piquée plusieurs fois quelques années auparavant, une histoire qu'elle lui avait racontée après une rencontre similaire avec une abeille le mois précédent, et elle en avait une peur panique.

— Mon Dieu ! Marina a besoin de s'endurcir. Elle a été piquée plusieurs fois, et elle s'en est très bien remise. Cette fille est plus forte qu'elle ne le pense.

Juno cilla. Si elle n'était pas toujours d'accord avec le comportement de lady Wetherby à l'égard de sa fille, c'étaient des moments comme celui-ci qui rappelaient à Juno deux choses : la comtesse n'avait pas une mauvaise opinion de Marina, et elle la connaissait bien mieux que sa préceptrice.

Se plaçant plus près de son employeuse, elle changea d'approche.

— Je voulais vous parler de cette éventuelle union entre Marina et le duc. Je ne suis absolument pas convaincue que cela fonctionne.

Lady Wetherby plissa les yeux.

— Cela ne fait qu'une journée, madame Langton.

— C'est vrai, mais je ne vois tout simplement pas comment cette union pourrait aboutir. Marina et le duc se ressemblent beaucoup trop. Comme ils sont tous les deux très… réservés, l'on ne peut que se demander comment ils vont s'entendre, non seulement entre eux, mais au sein de la bonne société. Et même s'il est difficile de s'en rendre compte, aucun des deux ne semble très intéressé par l'autre. De plus, lord Brett s'est montré plutôt grossier avec Marina pendant qu'ils se promenaient aujourd'hui. Elle mérite un mari qui la traitera avec respect et la soutiendra en tant que partenaire.

— Il est d'une nature bourrue, répondit lady Wetherby avec dédain. C'est justement parce qu'ils se ressemblent énormément qu'ils sont parfaitement compatibles. D'après ce que j'ai pu constater, ils demeureront assis dans un silence agréable et ne se dérangeront pas mutuellement. Honnête-ment, voilà qui ressemble à un magnifique mariage. Surtout pour Marina.

Une fois encore, Juno cilla en fixant son employeuse. Peut-être avait-elle raison. Juno n'appréciait pas le duc ou, du moins, elle n'appréciait pas la façon dont il traitait Marina, et elle laissait ses sentiments obscurcir son jugement. Elle allait devoir parler à la jeune femme et voir si elle était toujours ouverte à l'idée de l'épouser. Mais, envisageait-il même de demander sa main ? Compte tenu de son comportement cet après-midi-là, peut-être n'avait-il pas envie d'épouser Marina.

Ce qui relevait d'un manque de perspicacité de sa part. Marina était charmante, intelligente, gentille et capable de diriger une maisonnée. Probablement. Sa mère avait raison de dire que la jeune femme était plus forte qu'elle ne le croyait. Juno le lui rappellerait chaque fois qu'elle en aurait l'occasion.

— Ne vous inquiétez pas du fait qu'il ne semble pas y avoir d'étincelle entre eux non plus, poursuivit lady Wetherby. La plupart des mariages ne commencent pas par de telles bêtises.

Si Juno avait apprécié cette étincelle entre Bernard et elle, elle avait également appris que cela ne devait pas être le principal d'un mariage. Pourtant, c'était important.

— Je ne voudrais pas que Marina soit malheureuse.

— Votre objectif n'est pas qu'elle soit heureuse, c'est de la marier, remarqua lady Wetherby avec un soupir. Je ne voudrais pas paraître insensible, et j'apprécie que vous vous préoccupiez de Marina, mais elle se débrouillera. Vous devez convenir qu'un homme tel que le duc serait bien meilleur pour elle qu'un autre. Quelqu'un qui, par exemple, aimerait faire la conversation.

Si cela paraissait insultant, la comtesse n'avait pourtant pas tort. Elle connaissait sa fille, et son malaise en présence de personnes qu'elle ne connaissait pas. Même lorsque Marina apprenait à connaître quelqu'un, elle pouvait se montrer plutôt réservée.

— Je m'attends à ce qu'ils se marient, madame Langton, insista lady Wetherby, fixant Juno d'un regard exigeant. N'oubliez pas que je vous ai promis une prime assez importante. Je ne voudrais pas être déçue, surtout si je dois rédiger une recommandation pour votre prochain emploi.

Juno était rarement contrariée par les gens, mais lady Wetherby mettait à l'épreuve son naturel habituellement avenant.

— Je ferai de mon mieux avec ce que j'ai. Nous n'avons plus qu'à espérer que le duc se détendra un peu.

Lady Wetherby détourna son attention de Juno, lui donnant l'impression d'avoir été congédiée. Tournant les talons, la préceptrice quitta la pièce et partit à la recherche de sa partenaire entremetteuse, dans l'espoir qu'elle l'aiderait à relever ce défi.

Après s'être renseignée auprès d'un valet de pied, Juno retrouva Cecilia dans la salle à manger où elle supervisait les derniers préparatifs de la soirée.

— Oh, Juno ! Je suis tellement ravie de voir que tu t'es bien remise de ta mésaventure de tout à l'heure ! s'exclama Cecilia, qui fit le tour de la table pour la rejoindre.

— C'est le cas, merci. C'était un moment plutôt glacial, plaisanta-t-elle.

— Tu m'as paru perturbée, et je suis sincèrement désolée que ce soit arrivé.

— J'étais contrariée par Inflexible. Il a traité Marina d'une façon plutôt odieuse au cours de leur promenade. Elle était poursuivie par une abeille. Or, elle en a peur, et elle a de bonnes raisons pour cela. Il n'a manifesté aucune compréhension à l'égard de la situation.

Cecilia fronça les sourcils.

— Cela ne semble pas prometteur.

— Pas du tout. Je suis allée voir lady Wetherby pour l'informer que je ne pensais pas qu'ils se convenaient. Elle insiste sur le fait qu'ils sont parfaits l'un pour l'autre, et elle s'attend à ce qu'ils se marient, expliqua Juno, posant deux doigts sur sa tempe. Cela va s'avérer plus difficile que je l'imaginais.

— Je vois, répondit Cecilia, jetant un regard vers la table. Je les ai à nouveau placés l'un à côté de l'autre, et toi près de lady Marina, comme hier soir.

— Je me demande si je ne devrais pas m'asseoir à côté d'Inflexible et essayer de l'encourager à se comporter plus poliment. S'il continue à mal se comporter avec Marina, elle ne se détendra jamais avec lui. Et, dans ce cas, je ne le vois pas la demander en mariage.

— À moins qu'il n'aime cela chez elle. Il est plutôt... réservé, lui-même.

— Je pense que tu veux dire « inflexible », la corrigea Juno avec un clin d'œil. En vérité, après l'avoir entendu discuter avec Marina pendant leur promenade, j'ai commencé à douter de l'intérêt qu'il lui porte. Oui, je pense que je dois m'asseoir à côté de lui pour le stimuler.

— Je vais faire le changement, proposa Cecilia. Demain, il y aura une chasse au trésor. Les invités seront divisés en équipes pour rechercher les éléments d'une liste, et l'équipe gagnante recevra une récompense. J'ai formé un groupe avec Marina, le duc et toi.

Cela lui fournirait de nombreuses occasions de déterminer s'ils se convenaient ou non.

— Fantastique ! Je suis certaine que je pourrai trouver une excuse pour les laisser seuls à un moment donné.

Une lueur déterminée jaillit dans les yeux de Cecilia.

— Je ferai ce que je peux pour t'aider.

— Tu fais une excellente complice.

— Apparemment, il est primordial que cette union se fasse. Je ferai tout ce qui est en mon pouvoir.

— J'apprécie ton soutien. Je ne peux pas imaginer que nous échouions si nous travaillons ensemble.

Cecilia laissa échapper un doux rire.

— Oh ! Comme j'aurais aimé te rencontrer plus tôt ! Quel âge as-tu ?

— Vingt-sept ans.

— Et... qu'est-il arrivé à M. Langton, si tu me permets de me montrer curieuse à ce sujet ?

— Cela ne me dérange pas du tout. Il est mort de façon très soudaine dans l'année qui a suivi notre mariage.

Juno éprouva une vive émotion en se remémorant sa mort absurde. Bernard était charmant, mais aussi stupide, et il buvait trop.

— Tu sembles être retombée sur tes pieds. Aurais-tu autant de vies qu'un chat ?

Juno éclata de rire.

— Non, mais ce serait agréable. J'ai eu beaucoup de chance de pouvoir m'établir.

— La profession que tu as choisie semble te convenir parfaitement. J'en déduis que tu n'as pas envie de te remarier ?

— Aucune envie.

Juno n'en éprouvait ni le besoin ni l'envie.

— Même pas pour bénéficier de la compagnie d'un homme ?

— Il n'est pas nécessaire d'être mariée pour cela, murmura Juno avec un sourire.

— Comme c'est entreprenant de ta part ! s'exclama Cecilia, inclinant la tête vers Juno. Aurais-tu une méthode particulière en tête pour stimuler l'enthousiasme du duc à l'égard de lady Marina ?

— Pas tout à fait. Peut-être a-t-il simplement besoin qu'on lui rappelle qu'il est venu ici pour trouver une épouse, et que Marina est sa seule option.

Juno grimaça intérieurement. Elle n'aimait pas penser à Marina de cette manière. Elle méritait mieux que cela.

— Il doit lui accorder... *leur* accorder une véritable chance.

Juno restait dubitative. Peut-être l'était-il également, ce qui leur faisait un point commun. Elle s'en étonna un instant.

— Seriez-vous en train de parler de moi ?

Au son bourru de la voix du duc, Juno et Cecilia se retournèrent vers la porte. Le duc inflexible se tenait à l'entrée de la salle à manger, son air renfrogné à peine moins marqué qu'à son habitude.

— Oui, confirma rapidement Juno, ce qui lui valut un regard appuyé de Cecilia.

Le duc la fixa du regard un instant, et Juno entendit leur hôtesse retenir son souffle. Il haussa les épaules.

— Je ne faisais que passer.

— Je dois partir, dit Cecilia. J'ai beaucoup à faire.

Elle regarda Juno avec des yeux légèrement écarquillés, inclinant presque imperceptiblement la tête vers le duc, pour lui signifier en silence qu'elle devrait lui parler. Ou quelque chose comme ça.

Le duc s'écarta du chemin quand Cecilia quitta la pièce.

— J'imagine qu'elle prépare un autre événement assommant pour demain, déclara-t-il avec une moue renfrognée.

Juno en avait plus qu'assez de son éternel dédain. S'avançant vers lui, elle rejeta les épaules en arrière et gonfla la poitrine, cherchant à imiter le duc.

— Je déteste les parties de campagne, et je suis l'homme le plus grincheux du monde, déclara-t-elle avec une moue, puis elle montra les dents et baissa davantage le ton. Mais, comme je suis un duc, je peux me comporter comme un crétin et m'en tirer sans encombre.

Les yeux de l'homme s'arrondirent. Il ouvrit la bouche, puis la referma.

— Je ne parle pas comme ça.

— Vous parlez *exactement* comme ça, rétorqua Juno, qui détendit ses épaules.

— Je ne dis pas ce genre de choses. Je ne dis pas « crétin ». Je sais que j'ai dit que je détestais les parties de campagne.

— Ce n'est pas parce que vous n'avez pas encore prononcé le mot « crétin » que vous ne le ferez pas.

— Vous pensez me connaître si bien ?

— Je pense que vous êtes un grincheux superficiel, prévisible et hargneux. Peut-être êtes-vous davantage que cela, mais vous ne le laissez voir à personne, s'emporta-t-elle, avant d'adopter son meilleur grognement de duc inflexible. Je n'ai pas besoin de me montrer agréable ou gentil, alors je ne le ferai pas. Pas même pour courtiser ma future épouse.

Elle le dévisagea avec autant de dédain que possible, puis elle leva les yeux au ciel pour faire bonne mesure. Satisfaite, car elle se sentait mieux, même s'il devait ne pas comprendre ce qu'elle essayait de lui dire, elle le contourna pour sortir.

— En fait, c'était plutôt bien imité, murmura-t-il dans son dos alors qu'elle quittait la salle à manger.

Il y avait dans son ton une note d'appréciation qui donnait de l'espoir à Juno. Cette soirée se passerait peut-être mieux que la promenade du pique-nique. Dans le cas contraire, elle n'était pas certaine que l'union puisse se faire, en dépit de l'insistance de lady Wetherby.

~

*D*are ne fut pas surpris de se retrouver à nouveau assis à côté de lady Marina au dîner de ce soir-là. Cependant, il demeura sans voix, et non pas parce qu'il avait choisi de rester stoïque comme à son habitude, mais parce que Juno s'assit de l'autre côté de lui. Pourtant, le premier plat passa presque dans le silence le plus complet entre eux.

— Pourquoi ne parlez-vous pas à lady Marina ?

Le murmure pressant de Juno le prit au dépourvu.

Il tourna la tête et se rendit compte qu'elle était beaucoup plus proche qu'il ne l'avait cru. Elle s'était penchée vers lui pour lui faire part de sa requête.

— Elle est très concentrée sur sa soupe, murmura-t-il en guise de réponse.

Un coup d'œil en direction de lady Marina le confirma. Elle ne l'avait pas une seule fois regardé dans les yeux, et elle lui avait à peine dit bonsoir lorsqu'elle s'était assise.

— Ne prenez pas sa timidité pour du désintérêt, insista Juno d'un ton vif, tout en parlant à voix basse.

Elle le regardait impatiemment, un sourire se dessinant sur sa bouche pulpeuse et irrésistible.

Irrésistible ?

Dare s'éclaircit la gorge et reporta son attention sur sa soupe. Quelques instants plus tard, il tenta d'engager la conversation avec lady Marina.

— Comment trouvez-vous la soupe ?

— Acceptable.

Elle ne fit même pas mine de lui jeter un regard. Ni même de poser les yeux ailleurs que sur sa soupe. Fronçant les sourcils, il posa sa cuillère et se demanda si cela valait la peine d'essayer à nouveau.

— Vous pourriez lui poser des questions sur le vin, suggéra Juno.

— Quel genre de questions ? s'enquit-il dans un grognement grave.

— Vous n'êtes pas très doué pour la conversation, n'est-ce pas ?

Il ne put s'empêcher de lui adresser un regard affligé.

— Je ne suis pas pire que votre protégée.

— Elle est *timide*, affirma Juno en cillant, ses longs cils masquant brièvement ses yeux. L'êtes-vous ?

— Non. Simplement, je préfère ne pas engager la conversation avec la plupart des gens.

— Et pourquoi cela ?

— Parce que je rencontre rarement quelqu'un qui mérite que je lui parle.

Elle soupira.

— Vous n'êtes donc pas timide, mais rustre. Cherchez-vous une duchesse ou non ? Demandez-lui ce qu'elle pense du vin, insista-t-elle.

Les valets de pied enlevèrent le plat, et, pendant qu'ils servaient le suivant, Dare fit une nouvelle tentative. Tournant la tête vers lady Marina, il essaya en pensées de l'inciter à le regarder. Se prenait-il pour une sorte de sorcier capable de contrôler ses mouvements ? Il ricana, et le son se mua en grognement. Sans qu'il le veuille, cela eut pour effet de l'inciter à le regarder.

— Le vin est-il à votre goût ? s'enquit-il.

À ses yeux, c'était sans doute la conversation la plus ennuyeuse, la plus pénible et la plus inepte qu'il ait jamais eue. Non, ce n'était même pas une conversation, puisqu'elle ne participait pas.

— Je ne saurais le dire.

— N'en avez-vous pas bu ?

— Non.

Elle prit son verre et en but une délicate gorgée. Il remarqua la lueur de dégoût dans ses yeux, et le léger plissement de son nez.

— Vous n'aimez pas.

— C'est assez sucré.

Les domestiques posèrent leurs assiettes devant eux, interrompant de fait leur dialogue naissant. Juno se pencha à nouveau près de lui, tentant Dare avec son parfum d'orange et de lys.

— Vous pourriez lui demander ce qu'elle aime lire. Cela devrait déclencher une discussion animée.

Elle le tentait ? Dare repensa à leur brève rencontre cet après-midi-là, lorsqu'elle s'était moquée de lui, baissant la voix pour se rapprocher de la sienne et rejetant ses épaules en arrière pour gonfler sa poitrine. Malheureusement, ce geste ne l'avait pas fait paraître plus grande ou plus massive, comme lui l'était. Elle avait attiré son attention sur son buste aux courbes plutôt parfaites, et plus particulièrement sur ses seins généreux. Peut-être que « malheureusement » n'était pas le terme adéquat.

Il ne cessait de repenser à ce moment où elle l'avait

taquiné. Personne ne se moquait de lui. *Jamais.* Pas même à l'école, où l'on se moquait de tout le monde.

Pourtant, Juno s'adressait à lui comme personne ne le faisait. Elle le regardait avec une hostilité et une agitation manifestes, tout en continuant à sourire et à le flatter, au nom de sa protégée. Elle était tout à fait envoûtante.

Si lady Marina avait possédé ne serait-ce qu'une fraction de l'énergie de sa dame de compagnie, Dare n'aurait eu aucun mal à la demander en mariage. Mais ce n'était pas le cas. Il la regarda manger un haricot vert avec précaution. Ses traits étaient impassibles, et il se demanda si c'était le fruit d'un effort scolaire ou si elle était tout simplement dépourvue d'émotion ou de réaction.

— Lui arrive-t-il de sourire, parfois ? demanda-t-il à Juno, se choquant lui-même.

Il n'avait pas vraiment eu l'intention de partager cette pensée à haute voix. Depuis quand sourire lui importait-il ?

— Et vous ? rétorqua Juno.

— Touché, répondit-il, réprimant un sourire.

— Peut-être Marina et vous devriez y trouver un terrain d'entente. Vous auriez déjà dû vous rendre compte que vous avez beaucoup de choses en commun.

Sans doute avaient-ils des comportements similaires. Tournant la tête une fois encore, il observa les cheveux sombres et le cou pâle et mince de Marina. C'était une femme séduisante, mais elle ne l'émouvait pas. Il n'y avait pas… d'étincelle.

— Je vous dérange, lady Marina ? lui demanda-t-il doucement.

Elle tourna la tête si brusquement qu'il sursauta, ce qui la fit tressaillir en retour. Elle reporta aussitôt son attention sur son faisan.

— Non.

Dare saisit son allusion, qui n'avait rien de subtil, et s'attaqua sérieusement à son assiette, ignorant les deux femmes, même s'il était incroyablement conscient de la présence de Juno. C'était idiot, mais elle dégageait une chaleur qui l'enveloppait. Il prit son verre de vin.

— Vous devriez vraiment lui poser des questions à propos de livres, insista Juno.

Dare vida le contenu de son verre.

— Si vous tenez tant à ce que nous formions un couple, peut-être devriez-vous lui parler de la manière d'engager la conversation avec un gentleman à qui elle souhaite passer la corde au cou.

Se levant brusquement, Dare attira l'attention de toutes les personnes présentes dans la salle à manger, tandis que les conversations s'évaporaient dans le silence.

— Je vous prie de m'excuser.

Il quitta la salle à manger, sachant que son départ serait le sujet de conversation de la partie de campagne. Non pas qu'il s'en souciait. Les gens parlaient souvent de lui, et il s'en moquait. En fait, Juno et leur hôtesse l'avaient fait l'après-midi même.

Dare se retrouva dans la bibliothèque ; il choisit un verre sur les étagères et s'installa dans une alcôve pour lire. S'il n'avait pas fait nuit, il serait sorti se promener. Un livre sur les contrées sauvages de l'Irlande devrait faire l'affaire.

Il se perdit dans les descriptions de collines verdoyantes et de grandes vagues déferlantes. Il ignorait combien de temps s'était écoulé lorsqu'il entendit un rire.

— Pauvre lady Cosford, dit une voix féminine.

Deux femmes entrèrent dans la bibliothèque. Dare les reconnut, mais il était incapable de se rappeler leurs noms. L'une d'elles était mariée à un membre du Parlement. Huxley ? Halsey ?

— Ne la plains pas. L'on parlera encore de cette partie de campagne dans…

La voix de la femme s'interrompit, et deux paires d'yeux le fixèrent dans son alcôve. *Bon sang !* Il avait espéré être invisible.

— Juste ciel ! Nous vous demandons pardon, my lord, s'excusa Mme H., le visage pâle, ses yeux sombres écarquillés.

— Parliez-vous de moi ? s'enquit Dare avec un soupir affligé, refermant son livre sur son doigt.

— Oui, répondit l'autre lady, ce qui lui valut un halètement étouffé et un regard choqué de la part de son amie.

La femme haussa les épaules en guise de réponse à Mme H.

— De qui d'autre parlerions-nous ?

Mme H. souffla, puis se tourna vers Dare.

— Vous avez fait sensation en quittant le dîner si brusquement.

— Je sais, répondit-il, et il s'en moquait.

— Ce doit être quelque chose d'être duc et de pouvoir faire ce que bon vous semble, remarqua Mme H. avec ironie.

Les paroles que Juno avait prononcées plus tôt dans la journée lui revinrent en mémoire. Peut-être considérait-il comme acquis le fait qu'il pouvait faire ce qu'il voulait et se comporter comme il l'entendait sans conséquence.

Mme Pas-H. lui adressa un regard prudent, comme si elle s'attendait à ce qu'il réagisse négativement à son commentaire.

— Je suppose que l'on m'accorde certaines… manies. Ou, du moins, que l'on me les pardonne.

Dare soupçonnait que Juno ne lui avait rien pardonné. Avait-il mal agi ? Il ne s'était pas montré tout à fait… agréable lors de sa promenade avec lady Marina au pique-nique.

— Vous montrez-vous désagréable à dessein ? s'enquit Mme Pas-H., tandis que Mme H. lui jetait à nouveau un regard de détresse choquée.

Dare apprécia Mme Pas-H. comme il appréciait Juno. Ni

l'une ni l'autre ne tolérait son comportement grincheux. Enfin… il ne l'appréciait pas *exactement* comme il appréciait la déesse.

— Pas tout à fait. De manière générale, je n'aime pas les gens.

Il haussa les épaules en frottant le dossier de la chaise, comme si ce sentiment était courant. Les yeux bleus de Mme Pas-H. brillèrent.

— C'est rafraîchissant d'entendre des propos honnêtes de la part de quelqu'un de notre rang.

Notre. Faisait-elle donc partie de la noblesse ? Il était sans doute censé connaître son nom, mais il n'allait pas le lui demander. Non pas qu'il n'en avait pas le courage. Il doutait de s'en souvenir par la suite, alors pourquoi s'embêter avec cela ?

— Pourquoi n'aimez-vous pas les gens ? s'enquit Mme H. d'une voix timide.

Dare ne savait pas trop comment répondre à cette question, ni même s'il le pouvait. Il choisit donc de l'ignorer.

— Ne devriez-vous pas être au salon ?

— Aucune règle ne l'exige, remarqua Mme H. en riant. Nous sommes allées marcher.

Elle baissa la voix, une lueur amusée dans les yeux.

— Pour pouvoir faire des commérages.

— À mon sujet, conclut-il, car elles avaient déjà admis qu'elles parlaient de lui.

Mme Pas-H. sourit.

— Évidemment.

Mme H. pinça les lèvres, et une nouvelle lueur d'inquiétude passa sur ses traits.

— Lady Wetherby était très contrariée.

— Effectivement, confirma Mme Pas-H., se rapprochant de la chaise de Dare, l'air impatiente. Cela signifie-t-il que vous n'allez pas demander sa main à lady Marina ?

S'il appréciait la franchise de cette femme, il n'était pas pour autant prêt à alimenter ses commérages.

— Cela ne concerne que nous, répondit-il d'un ton encore plus hautain qu'à son habitude, au cas où cette femme déciderait de se montrer plus audacieuse.

Heureusement, elle n'en fit rien. Soupirant d'un air déçu, elle se replaça à côté de Mme H.

— Il fallait que je pose la question.

— Ce n'est rien.

Il lui adressa même un petit sourire qui la choqua, pour son plus grand plaisir. Il avait l'impression que peu de choses étonnaient Mme Pas-H. Peut-être devrait-il se donner la peine d'apprendre son nom. Ou encore, prêter attention à qui était son époux, au cas où il reconnaîtrait l'homme, s'il était même présent.

Mme H. gloussa doucement, incitant son amie à regarder dans sa direction et à rire avec elle.

— C'est bien mieux qu'une promenade, remarqua-t-elle, jetant un coup d'œil prudent à Dare.

Il était certain que leur échange alimenterait les conversations dès leur retour au salon, mais il ne s'en souciait pas le moins du monde.

— Qu'en est-il de la chasse au trésor de demain ? s'enquit Mme Pas-H.

Une maudite chasse au trésor était prévue ? Il brûlait d'envie de se retirer, mais il avait fait tout ce chemin pour venir à cette partie de campagne, il devait donc y participer. Même si cela l'agaçait au plus haut point.

— Qu'en est-il ?

— Cela semble très divertissant, affirma Mme H. avec un hochement de tête. Nous serons répartis en groupes. Je pense que lady Marina et vous ferez équipe.

Il n'y avait absolument aucun doute à ce sujet. Il commençait à se demander si le seul et unique but de cette partie de campagne n'était pas de les pousser, lady Marina et lui, dans les bras l'un de l'autre. Lady Wetherby voulait que sa fille trouve un duc, et Juno jouait également son rôle, tout comme lady Cosford. Mais, s'il n'y avait pas le moindre soupçon de quelque chose entre eux, que pouvait faire Dare ?

Il devrait accorder une dernière chance à la jeune femme. Au dîner, il avait été distrait par Juno, ce qui avait été stupide de sa part. Elle n'était pas une duchesse potentielle, contrairement à lady Marina. Elle méritait toute son attention et qu'il se comporte au mieux.

Se levant, il alla replacer le livre sur l'étagère. Il se retourna vers les deux femmes et inclina la tête.

— Je vous souhaite une bonne soirée.

Le lendemain, il participerait à cette fastidieuse chasse au trésor, et il redoublerait d'efforts pour se rapprocher de lady Marina. Avec un peu de chance, elle ferait de même avec lui, car il ne pouvait pas être seul dans cette potentielle union.

Vraiment ? Il avait longtemps dit à sa mère qu'il n'avait pas besoin d'une épouse qu'il pourrait aimer, mais seulement d'une duchesse exemplaire. Peut-être devrait-il préparer une liste de questions concernant la tenue d'un ménage et les devoirs d'une duchesse, et demander simplement à lady Marina de répondre à chacune d'entre elles. Cela lui permettrait de savoir définitivement s'ils se convenaient.

Il dresserait cette liste dès son retour dans sa chambre. C'était une manière ordonnée et efficace de procéder. Exactement comme il aimait le faire.

CHAPITRE 5

*L*e lendemain après-midi, Dare se réconforta avec un petit verre de cognac avant de se rendre dans le salon où tout le monde était rassemblé pour l'insipide chasse au trésor. Son regard se porta directement sur Juno, puis sur lady Marina, qui se tenait à ses côtés, la tête baissée et le regard rivé sur le sol, comme à son habitude. Sa mère, lady Wetherby, était également présente, mais son attention n'était *pas* sur le sol. Son regard acéré était braqué sur Dare lorsqu'il entra. Il faillit tourner les talons et s'en aller.

— Bonjour, duc, le salua lady Cosford avec un autre de ses éternels sourires. J'ai entendu dire que vous aviez fait une longue promenade à cheval ce matin.

Les écuries rapportaient-elles donc ses moindres faits et gestes ?

— Oui, répondit-il simplement.

— J'en suis ravie. Cosford dit que l'équitation est votre passe-temps favori, et nous sommes ravis que vous trouviez nos écuries à votre goût.

Cette fois-ci, il se contenta de grogner. Le sourire de lady

Cosford ne faiblit pas ; ce n'était de toute manière pas son intention. Il n'essayait pas de se montrer désagréable. Il l'était, tout simplement.

— Si vous voulez bien m'excuser, je dois vous expliquer le déroulement de la chasse, annonça-t-elle, puis elle rejoignit son mari près de l'âtre.

Dare se dirigea vers le trio de femmes qu'il avait observé en entrant. Puisqu'il serait sans doute associé à au moins l'une d'entre elles, autant se rapprocher d'elles. De plus, il pouvait savourer le parfum enivrant de Juno.

Lady Cosford expliqua la chasse au trésor, mais Dare n'y prêta pas attention. Au lieu de cela, il passa en revue la liste des questions qu'il avait rédigée la veille. Ce jour-là, il devrait décider si lady Marina et lui se convenaient.

— Je trouve quelque peu déplacé de ne pas faire partie de votre groupe, lança lady Wetherby d'un ton acerbe, tirant Dare de ses pensées.

— Je chaperonnerai, déclara Juno d'un ton enjoué, tournant son regard vers lady Marina, puis vers Dare, qui se tenait juste derrière elle.

— Très bien.

La comtesse adressa à Juno un regard appuyé et lourd d'attentes avant de s'éloigner. La déesse se tourna vers lui et lady Marina.

— Je suis convaincue que nous pouvons gagner.

Dare apprécia la lueur impitoyable qui brillait dans ses yeux.

— Aimeriez-vous la compétition, madame Langton ?

Elle haussa une épaule.

— Quand l'envie m'en prend. Et quand c'est important, expliqua-t-elle, son regard se portant presque imperceptiblement sur lady Marina.

Il avait l'impression que cette dernière était importante, et que Juno voulait qu'elle gagne… mais pas la chasse au trésor, *Dare*. Étonnamment, il voulait soutenir Juno dans sa quête. Ce jour-là, il donnerait à Marina le meilleur de lui-même. Quoi que cela veuille dire.

Lady Cosford s'approcha d'eux et tendit un papier à Juno.

— Voici votre liste de dix objets. L'équipe qui arrivera la première ici avec tous les éléments gagnera.

— Quelle est la récompense ? s'enquit Dare.

— Les gagnants pourront décider du plan de table pour les dîners qui nous restent ensemble.

Il ouvrit la bouche pour lui dire que c'était une piètre récompense, mais il la referma. Son regard se porta sur Juno, qui lui adressa un léger hochement de tête, peut-être approbateur. Lady Cosford les quitta tandis que la déesse étudiait leur liste. Elle prit la parole tout en parcourant des yeux le parchemin qu'elle tenait entre ses mains.

— Une orange. Je sais où nous pouvons nous en procurer une assez facilement. Dans l'orangerie.

Dare avait vu l'endroit de l'extérieur au cours de ses promenades, mais il ne l'avait pas encore visité.

— Et si nous commencions par là ?

— Oui, allons-y, approuva Juno, qui se tourna vers lady Marina. Voulez-vous consulter la liste ?

— Je suppose que je devrais, répondit la jeune femme, qui prit le papier entre ses doigts gantés. Il y a un livre, et je sais précisément où il se trouve dans la bibliothèque. Je peux aller le chercher pendant que vous vous rendez à l'orangerie.

— Non, vous ne pouvez pas, répondit Juno un peu vite, arborant l'un de ses sourires captivants. Je crois que c'est contraire aux règles.

Depuis quand les sourires de Juno étaient-ils passés d'irritants à captivants ?

— Vraiment ? répondit lady Marina, qui ne semblait pas convaincue.

— Je suppose que vous préféreriez passer votre après-

midi dans la bibliothèque, dit le duc, tâchant de paraître...
affable.

Comment diable pouvait-on avoir l'air affable ? Peut-être
devrait-il sourire. Cette simple idée lui donnait envie de
jurer. Il étira sa bouche, mais ne parvint pas à son but. Son
expression était sans doute à mille lieues d'être affable. Il
détendit ses traits pour qu'ils retrouvent leur état normal,
sans sourire.

La surprise illumina les yeux de lady Marina.

— Oui. Mais nous pouvons faire la chasse au trésor,
ajouta-t-elle.

— Nous pouvons toujours faire semblant de participer,
intervint-il. Peut-être resterons-nous coincés dans la
bibliothèque.

À ces mots, elle faillit sourire, et ses traits s'adoucirent.
Elle était plutôt jolie. Il essaya de s'imaginer l'épouser, et,
avec cela, les choses qu'ils feraient ensemble une fois mariés.
Plus précisément, celles qu'ils feraient dans la chambre à
coucher. Mais une vision de Juno envahit son cerveau. Il lui
jeta un regard tandis qu'une vague de chaleur le submergeait.

Ce n'était *pas* utile à sa cause.

Dare se rappela sa liste de questions. Savoir que lady
Marina pourrait passer des heures dans la bibliothèque lui
offrait une réponse : ce qu'elle aimait faire pour se distraire.

— Montez-vous à cheval ? s'enquit-il, cochant un nouvel
élément de sa liste.

— Un peu. Je ne suis pas très douée.

— L'équitation est surfaite, déclara Juno. Rendons-nous à
l'orangerie.

Elle leur fit signe de la précéder pour sortir du salon.
Dare resta légèrement en retrait, préférant marcher à côté de
Juno pour pouvoir l'interroger sur sa déclaration absurde.

— L'équitation n'est pas surfaite. Peut-être n'avez-vous
jamais appris correctement à monter.

Juno lui lança un regard amer, les paupières légèrement baissées.

— Peut-être apprécié-je simplement davantage d'autres activités.

— Nous devrions aller faire un tour, et je vous montrerai à quel point cela peut s'avérer exaltant.

— Par *nous*, j'espère que vous parlez de lady Marina et vous, et de moi en tant que chaperon.

— Euh… oui.

Ce n'était pas du tout ce qu'il avait voulu dire.

— En parlant de lady Marina, vous devriez peut-être la rattraper. Elle est sans doute à mi-chemin de l'orangerie, maintenant.

— Bien sûr.

Dare quitta le salon à grands pas, irrité de s'être laissé détourner de son objectif. Il concentrerait toute son attention sur lady Marina et ne se laisserait pas distraire par sa déesse de dame de compagnie. Une déesse qui n'aimait pas l'équitation. Cela aurait dû le décevoir, mais, à la place, il espérait avoir la chance de la faire changer d'avis.

Lady Marina ! lui criait son esprit.

Avançant rapidement, il se mit au pas à côté d'elle, puis ralentit l'allure. Il retourna à sa liste de questions.

— J'ai l'impression que vous êtes comme moi, et que les événements mondains ne sont pas votre… activité préférée, constata-t-il, car il ne savait pas vraiment comment le formuler autrement. Auriez-vous des réticences à organiser un bal ou un grand dîner ?

Lady Marina prit un moment pour répondre, et Dare ne parvint pas à déchiffrer son expression.

— Je suppose que vous avez un majordome et une intendante pour vous aider dans ce domaine, non ? Ainsi qu'un secrétaire.

— J'ai tous ces gens à ma disposition et ils sont très

compétents. Cependant, une duchesse doit aussi être à l'aise avec ce genre d'événements.

— Oui, je comprends. Je suis sûre que je peux me montrer à la hauteur de la tâche, affirma-t-elle, mais elle n'avait pas l'air sûre d'elle.

Mais bon, elle avait raison. D'autres pouvaient se charger de la majeure partie du travail. Il lui suffisait d'être charmante et belle. Comme cela semblait superficiel ! Il voulait sûrement une épouse qui soit plus que cela, non ?

Il jeta un coup d'œil par-dessus son épaule pour voir si Juno les suivait. Peut-être avait-elle l'intention de les laisser seuls, malgré le risque de scandale.

La déesse était là, les suivant à une distance discrète. Ils n'étaient donc pas tout à fait seuls, mais elle leur laissait de l'espace.

Ils atteignirent la porte menant à l'allée couverte entre la maison et l'orangerie. Il l'ouvrit pour lady Marina, qui le précéda à l'extérieur dans la douceur de l'après-midi d'automne.

Le trajet jusqu'à l'orangerie était court, et il tint à nouveau la porte pour la jeune femme. À l'intérieur, la température grimpa de plusieurs degrés. Tout autour d'eux, la végétation poussait et l'air était chargé d'une odeur de terre et de vie. Dare aimait l'odeur de l'extérieur, mais c'était différent, peut-être parce qu'il s'agissait d'un espace artificiel. Ici, l'on apportait des choses à cultiver dans un environnement contrôlé au lieu de les laisser s'épanouir, ou non, d'elles-mêmes.

Lady Marina se dirigeait déjà vers les orangers qui avaient été rentrés dans leurs grands pots. Ils se trouvaient à l'autre bout du bâtiment. De là où il se trouvait, il ne voyait pas d'oranges, et il se demandait si cet effort porterait vraiment ses fruits.

Ses fruits.

— Seriez-vous en train de *sourire* ?

Il se tourna vers Juno, qui se tenait juste devant la porte, et qui le regardait comme s'il lui était poussé une deuxième tête. Le pouls du duc s'accéléra, et son ventre se noua. Cette sensation lui fit penser à cette fois où la cuisinière l'avait surprise en train de chaparder un biscuit dans la cuisine lorsqu'il avait six ans.

— Non.

— Si, vous l'étiez, insista la déesse en plissant les yeux. Pourquoi ne voulez-vous pas que je vous voie sourire ?

— Je ne vois pas d'oranges.

Il se mit en marche vers les arbustes, espérant qu'elle oublierait la question de savoir s'il avait souri ou non. Oui, il avait souri, bon sang !

Elle se hâta de le rattraper.

— Vous êtes un homme des plus étranges.

Il garda le silence jusqu'à ce qu'ils aient atteint l'autre bout du bâtiment.

— Vous en avez trouvé ?

Lady Marina se trouvait de l'autre côté du groupe d'arbustes. Elle sortit la tête de derrière l'un d'eux.

— Pas encore. Oh, attendez ! En voici une ! s'exclama-t-elle avant de passer derrière un autre oranger, puis de réapparaître avec une orange dans la paume. Que dois-je en faire ?

Juno lui tendit un panier.

— Déposez-la ici.

Lady Marina fit rouler l'orange dans le panier.

— Maintenant, la bibliothèque, annonça-t-elle, puis elle se dirigea à grands pas vers la porte.

Dare fronça les sourcils en la regardant s'éloigner.

— Est-elle pressée d'aller dans la bibliothèque ou de s'éloigner de moi ?

— S'est-il passé quelque chose ? s'enquit la déesse d'un ton vif.

— Non. Seulement, je n'ai pas l'impression qu'elle m'apprécie.

— Elle ne vous connaît pas.

— J'essaie de dialoguer avec elle. Il n'y a tout simplement pas…

Il s'apprêtait à parler d'attirance, mais il décida que ce ne serait pas approprié.

— Pas de quoi ?

— Pas de connexion.

Juno tressaillit.

— Il faut du temps pour qu'une telle chose se développe. Une connexion instantanée est très rare.

— Vous parlez d'expérience ? Y avait-il un M. Langton ?

— Oui, il y en a eu un. Cependant, mon expérience n'a pas d'importance, affirma-t-elle d'un ton péremptoire, et il faillit sourire à nouveau.

Apparemment, il aimait la provoquer. C'était presque aussi surprenant que le fait qu'il sourie.

— Accordez-vous un peu de temps, répéta-t-elle. Cela ne fait que quelques jours.

— Je ne pense pas que le temps changera quoi que ce soit à cette situation.

Il n'y avait aucune connexion, aucune attirance, rien qui le poussait vers lady Marina, ou elle vers lui, à l'exception de la pression exercée par ceux qui cherchaient à faire d'eux un couple.

En revanche, la déesse qui se trouvait devant lui provoquait une attirance extrême. Mais il ne pouvait pas lui dire une telle chose.

Et pourquoi pas ? Depuis quand se censurait-il ?

— Il n'est pas nécessaire que la situation change, dit Juno d'un ton glacial. *Vous* avez besoin de changer.

— Moi ?

— Vous êtes odieux et inflexible. Je ne crois pas que vous ayez ce qu'il faut en vous pour convaincre une femme de vous épouser.

— Ne croyez-vous pas que lady Marina joue un rôle dans cette affaire ? Peut-être est-elle moins intéressée que moi par cette union. Au moins, de mon côté, j'essaie d'entretenir une conversation. Elle se comporte comme si j'étais un anathème.

— C'est donc de sa faute si vous êtes un vrai rustre ?

Il grimaça : il détestait l'idée que sa déesse ait une si piètre opinion de lui. Elle arqua un sourcil et posa une main sur sa hanche.

— Peut-être ne ressentez-vous pas de connexion avec Marina parce que vous êtes incapable d'en avoir avec qui que ce soit. Y avez-vous pensé ?

— Je n'ai pas besoin de le faire, dit-il d'une voix douce. Je ressens un lien avec quelqu'un. En fait, elle me rend fou avec ses sourires étourdissants et son comportement direct. Je veux absolument tout connaître d'elle, même si je ne devrais pas. Plus que tout, je désire l'embrasser et voir si son goût est aussi divin que je l'imagine.

Pendant qu'il parlait, les yeux de Juno s'étaient arrondis. Le visage de la jeune femme pâlit progressivement, jusqu'à ce qu'elle soit vraiment blême.

— Vous ne pouvez quand même pas parler de… *moi* ?

Le duc s'approcha d'elle, son cœur battant la chamade, son corps vibrant de désir.

— Je le peux. Et je le fais.

CHAPITRE 6

*J*uno se figea lorsque le duc envahit l'espace juste devant elle, bien trop près par rapport à ce qui était acceptable pour un gentleman. Elle aurait dû placer son panier entre eux, mais elle n'en fit rien, car son cœur battait frénétiquement et sa respiration s'accélérait.

Il voulait l'embrasser. Elle ne l'avait pas envisagé. Pas parce qu'elle ne le trouvait pas attirant, simplement, elle ne s'était pas autorisée à penser à lui de cette façon. Mais, à présent, elle ne pensait à *rien d'autre*. Aux lèvres du duc posées sur les siennes, à ses mains qui la touchaient…

Elle secoua la tête.

— Ce serait mal.

Il s'arrêta, haussant un sourcil sombre.

— Mal ?

— Vous devez faire la cour à ma protégée… à lady Marina. Vous devriez en faire votre duchesse.

— Je vous ai déjà expliqué que je doute que cette union nous convienne, à l'un comme à l'autre, dit-il avec patience.

Le duc semblait parfaitement à l'aise, tandis que Juno s'inquiétait de sa propre capacité à reprendre son souffle. C'était l'homme le plus frustrant qui soit !

Depuis l'autre côté de l'orangerie leur parvint le bruit de la porte qui s'ouvrait et de voix qui discutaient. Tous deux tournèrent la tête dans cette direction, avant de se regarder.

— J'ai cru voir une autre porte dans le coin, dit-il, passant rapidement devant les orangers.

Elle le suivit en serrant son panier à deux mains. Heureusement, il y avait *effectivement* une porte, car les voix se rapprochaient. Le duc l'ouvrit et, malheureusement, ce n'était qu'un placard pour les outils de jardinage.

— Y entrons-nous, ou expliquons-nous aux personnes qui viennent pourquoi nous sommes ici, et que lady Marina est absente ?

Juno jura à mi-voix et le précéda précipitamment dans le placard. Il entra derrière elle et referma la porte.

Ils n'étaient pas dans le noir, car il y avait une fenêtre en haut du mur, en face de la porte. Elle tenait le panier devant elle, triste bouclier entre eux. Un bouclier ? Elle se raisonna en se disant que c'était nécessaire. Il avait dit qu'il voulait l'embrasser. Et elle n'y était pas opposée. En fait, l'idée avait pris racine au plus profond d'elle et elle s'imposait.

Elle se força à écouter la conversation à l'extérieur du placard. Ils étaient également à la recherche d'une orange. Avec un peu de chance, ils s'en iraient bientôt.

Juno laissa ses yeux s'attarder sur ceux du duc. Son regard sombre était posé sur elle et attisait la chaleur qui montait en elle. Soudain, il faisait très chaud dans ce petit placard. Elle porta une main à sa joue et relâcha le panier sur le côté, retenant mollement l'anse.

Les voix à l'extérieur commencèrent à faiblir, comme si les invités retournaient dans la maison.

Le duc prit la parole, gardant la voix basse.

— J'ai essayé avec lady Marina. Quoi que vous pensiez de

moi, j'ai essayé. Je sais que je ne suis pas le plus charmant des gentlemen, affirma-t-il, et sa bouche se releva en un petit sourire plein de dérision envers lui-même qui la fit complètement fondre.

Certes, c'était un homme séduisant, mais avec un sourire, il était absolument captivant. Elle ne pouvait se détourner.

Le sourire du duc commença à s'estomper.

— Qu'y a-t-il ?

— Vous avez recommencé, murmura-t-elle. Vous avez souri ? Pourquoi ?

— Parce que vous êtes là.

— Oh ! Et puis zut !

Juno laissa tomber le panier et saisit les revers du manteau du duc, l'attirant vers elle, même s'il n'avait pas besoin de beaucoup d'encouragements.

Il l'entoura de ses bras et l'embrassa. Son baiser n'était ni tendre ni hésitant, et il n'avait absolument rien de rigide. Ses lèvres étaient douces, mais fermes, dominant les siennes alors qu'il la serrait contre lui, poitrine contre poitrine, chaleur contre chaleur.

Il inclina la tête pour plonger sa langue dans la bouche de Juno. Elle se délecta de sa passion, même si elle en était choquée. Elle s'agrippa à son cou et ses épaules, lui rendant son baiser avec impatience et fougue.

La pression de son corps déclenchait en elle une délicieuse friction, mais elle en voulait davantage. Balançant les hanches, elle se cambra contre lui. Il était assurément le duc *inflexible*.

Oh, mon Dieu ! Qu'était-elle en train de faire ?

Juno s'éloigna du duc, la respiration haletante, luttant pour retrouver ses esprits.

— Je n'aurais pas dû faire cela, murmura-t-elle.

Il la fixa d'un regard sombre et affamé.

— Cela ne m'a pas dérangé. Je vous ai dit que je voulais vous embrasser.

— Cela ne signifie pas que nous aurions dû le faire.

Juno ne regrettait jamais de telles choses. Son indépendance lui offrait la liberté d'entretenir des liaisons avec qui bon lui semblait, et elle était généralement très sélective. Mais le duc l'avait prise par surprise et, si elle n'y prenait pas garde, il allait la transporter. Tout comme l'avait fait son mari.

Elle ne voulait pas de mari. Et elle ne voulait certainement pas d'un homme comme Bernard. Ramassant son panier, elle se précipita hors du placard sans un mot.

Il la suivit.

— Nous rendons-nous à la bibliothèque, alors ?

Ils allaient simplement poursuivre leur quête comme si de rien n'était ? Elle s'arrêta et le regarda, mais la réponse qu'elle avait prévue s'évapora quelque part entre son cerveau et sa bouche. Bouche qui était devenue plutôt sèche tandis qu'elle le dévisageait. Non, c'était plutôt la façon dont *lui* la dévisageait, comme s'il voulait la dévorer tout entière. Le désir palpitait au creux de son ventre.

Que pouvaient-ils faire ? C'était déjà assez grave que Marina soit probablement dans la bibliothèque sans eux. Peut-être que les invités qui venaient de quitter l'orangerie étaient là-bas eux aussi et qu'ils se demandaient pourquoi la protégée de Juno était seule.

Elle gémit.

— Vous avez une terrible influence. Ne possédez-vous donc aucune qualité rédemptrice ?

En fait, si. Il s'avérait qu'il embrassait très, très bien.

— Ne répondez pas à cela, dit-elle, aussi bien pour elle que pour lui.

Se tournant à nouveau, elle sortit à grands pas de l'orangerie et entra dans la maison. Il n'eut aucun mal à la rattraper, mais il eut la gentillesse de marcher un peu en retrait. Du moins, elle pensait qu'il faisait montre de gentillesse. Peut-être lui accordait-elle trop de crédit. Il l'avait embrassée, après tout.

Non… C'était elle qui l'avait embrassé. L'homme que sa protégée était censée épouser. Dont l'union lui rapporterait une prime.

Lorsqu'ils arrivèrent à la bibliothèque, elle sortit de sa poche la liste des objets à retrouver, et la parcourut rapidement. Marina avait peut-être déjà trouvé le livre dont elle avait besoin et ils pouvaient passer à l'objet suivant, un gland. Il devait y avoir un chêne près de la maison.

— Elle n'est pas là, annonça simplement le duc.

Juno leva les yeux de son parchemin et se retrouva face à son regard troublant.

— Quoi ?

Elle balaya la bibliothèque du regard et fut consternée de constater qu'ils étaient effectivement seuls.

— Elle n'est pas là, répéta-t-il. Croyez-vous qu'elle ait poursuivi la chasse ?

— C'est possible, répondit Juno en lui montrant la liste. L'objet suivant est un gland.

Il s'approcha de la fenêtre et pointa le doigt.

— Il y a un chêne spectaculaire près de la roseraie. Là.

Juno le rejoignit et regarda dehors.

— Elle n'est pas là-bas non plus.

— Puis-je voir la liste ? s'enquit-il poliment.

Elle lui remit le papier, puis elle tendit le cou pour mieux voir dehors. Le duc lui rendit la liste.

— Peut-être est-elle dans la salle de musique. Il y a une partition à trouver, juste après le gland.

— Croyez-vous qu'elle ait pris le livre ? s'enquit Juno, qui consulta la liste et lut le titre à haute voix. Où pourrions-nous le trouver ?

Il se dirigea vers une étagère située dans un coin et parcourut les tablettes.

— Par ici, il me semble. Il n'est pas là. Elle doit déjà l'avoir trouvé.

Dans ce cas-là, ne serait-elle pas retournée à l'orangerie ? À moins qu'elle n'ait continué ? Juno avait le pressentiment que Marina avait complètement abandonné le jeu.

— Allons dans la salle de musique, dit Juno en se dirigeant vers la porte sans laisser au duc le temps de l'en dissuader.

Ou de l'embrasser à nouveau. *Non. C'est toi qui l'as embrassé.*

— Venez-vous de grogner ? demanda-t-il dans son dos.

— Non, mentit-elle.

— Et dire que je pensais être le seul à le faire.

— Seriez-vous à nouveau en train de sourire ? s'enquit-elle sans se tourner.

Elle en avait eu l'impression, à l'entendre.

— Peut-être..., répondit-il, et cette impression se confirma.

C'était un *désastre*.

Ils arrivèrent à la salle de musique, mais Marina ne s'y trouvait pas non plus. Cependant, la partition dont ils avaient besoin était là.

Apparemment, les soupçons de Juno étaient exacts. Elle soupira.

— Je pense qu'il est possible que lady Marina ait abandonné la chasse au trésor. Vous allez devoir continuer, ou non, sans nous pour le moment. Je dois monter voir si elle s'est retirée dans notre chambre.

Elle glissa la liste dans le panier et le lui tendit.

— Je vais continuer. Comment me retrouverez-vous ?

— J'ai mémorisé la liste. Mais je doute que nous ayons la moindre chance de gagner.

L'un des sourcils du duc, incroyablement sombre et épais, s'arqua.

— Le plan de table des dîners était-il à ce point important à vos yeux ?

Juno faillit glousser.

— Vous avez le sens de l'humour.

— Plutôt pince-sans-rire. Ce que tout le monde n'apprécie pas.

Eh bien... moi, je l'apprécie. Elle ferma la bouche de peur de dire une chose qu'elle regretterait.

Sans un mot, elle quitta la salle de musique et se hâta de rejoindre la chambre qu'elle partageait avec Marina. Comme elle s'y attendait, la jeune femme était assise dans un fauteuil près de l'âtre, la tête penchée sur un livre.

— Est-ce le livre de notre liste ? s'enquit Juno d'un ton joyeux, espérant que Marina avait juste été distraite.

La jeune femme leva les yeux, les joues roses.

— En fait, oui. Je voulais le lire.

— Êtes-vous sûre que vous ne vouliez pas éviter de continuer la chasse ?

Le rose de ses joues s'accentua.

— Vous me connaissez trop bien, murmura-t-elle. J'ai essayé de vous attendre dans la bibliothèque, mais vous avez mis tant de temps à venir que j'ai cru que le duc et vous étiez peut-être partis ailleurs. Il m'a semblé que je devais me retirer et, oui... j'en avais envie.

Elle baissa les yeux vers le livre qui était posé sur ses genoux.

— Tout va bien. Nous avons été retenus dans l'orangerie avec d'autres invités.

Et à cause de leur baiser. Un sentiment de culpabilité saisit Juno. Marina releva la tête, les yeux brillants de larmes non versées.

— Je n'aime tout simplement pas le duc. Ce n'est pas sa

faute. Il essayait de se montrer agréable, alors même qu'il n'en avait pas envie. De toute évidence, il ne m'apprécie pas non plus.

Le cœur de Juno se serra quand elle s'assit dans le fauteuil face à Marina.

— Je vous en prie, ne vous sentez pas mal à l'aise à cause de cela. Je ne suis pas d'accord quand vous dites qu'il ne vous apprécie pas. Il essayait seulement d'apprendre à vous connaître. Il est d'une nature bourrue. Tout comme vous êtes d'une nature timide. Je pense que vous finirez par vous apprécier mutuellement. En fait, le duc vient de me surprendre par son sens de l'humour.

— Je ne vois absolument pas comment nous pourrions nous convenir, affirma Marina avec une surprenante nuance d'acier dans la voix. Je sais que cela va décevoir ma mère... tout comme vous.

— Vous ne pourrez jamais me décevoir.

Juno éprouvait la sensation cuisante de l'échec. Lady Wetherby tenait absolument à ce que sa fille épouse le duc. Essaierait-elle de la contraindre à accepter si ce dernier décidait de lui demander sa main ? Y songeait-il, même après avoir embrassé Juno dans l'orangerie ?

Quoi... tu crois qu'il envisagerait de t'épouser, toi ? Tu ne veux même pas te remarier.

Non, effectivement. Plus vite elle chasserait de son esprit cette malheureuse incartade dans l'orangerie, mieux ce serait. Malgré tout, elle savait que le mariage entre le duc et Marina ne se ferait pas : elle l'avait su avant même de l'embrasser.

La porte s'ouvrit à la volée, faisant sursauter Juno et sa protégée. Lady Wetherby se tenait sur le seuil, la colère irradiant de sa personne.

C'était mauvais.

La comtesse entra dans la chambre et referma la porte avec plus de force que nécessaire. Son regard se posa sur

Marina, puis sur Juno, qui se leva sur des jambes chan-
celantes.

— Quelque chose ne va pas ? parvint-elle à demander,
même si sa question était ridicule, car il était évident que
quelque chose n'allait pas.

— Le duc vient juste de m'informer qu'il ne demanderait
pas la main de Marina, expliqua-t-elle, posant un regard
furieux sur sa fille. Il a dit que vous ne vous conveniez pas.

Marina ne dit rien et baissa les yeux sur son livre. Juno vit
trembler les épaules de la jeune femme.

— Il a aussi dit que tu étais d'accord, poursuivit la
comtesse, serrant les dents. Est-ce vrai ?

Marina laissa échapper un murmure inintelligible.

— Qu'as-tu dit ? Parle plus fort, jeune fille !

— Elle a dit que c'était vrai, intervint Juno. Je voulais vous
parler après la chasse au trésor. Tous deux ont fait des
efforts, mais je crains qu'ils n'aient décidé d'un commun
accord qu'une union ne profiterait à aucun d'entre eux.

Le mensonge coula facilement de sa bouche alors qu'elle
cherchait à arrondir les angles du mieux qu'elle le pouvait.

— Elle ne leur profiterait pas ? s'écria la comtesse.
Épouser un duc serait très bénéfique pour ma fille ! Elle a dû
faire quelque chose pour le repousser. Mais il n'y a plus rien
à faire. C'est un échec complet.

Lady Wetherby s'interrompit le temps de poser un regard
furieux sur Juno.

— *Vous* avez été un échec complet ! Votre emploi prend
fin immédiatement !

— Non, maman ! s'exclama Marina, qui se leva d'un bond,
son livre serré contre sa poitrine.

La comtesse afficha un rictus mauvais.

— Et tu as un livre. Tu n'es pas censée avoir de livres !

— Cela faisait partie de la chasse au trésor, intervint Juno,
dont la colère montait. Marina n'a rien fait de mal. Le duc est

un homme bourru et désagréable. Marina a évité une vie de désarroi.

Lady Wetherby inspira brusquement.

— Elle aurait été duchesse ! Cela vaut au moins un peu de désarroi, répliqua-t-elle, tendant la main. Donne-moi ce livre. Nous partons demain matin à la première heure. Nous dînerons dans nos chambres.

Marina tendit le livre à sa mère en lui adressant un regard mutin. Lady Wetherby se mit à marmonner.

— Espèce d'ingrate. Tu finiras mariée au pasteur si tu n'arrives pas à te ressaisir, déclara-t-elle avant de reporter son attention sur Juno, faisant claquer sa langue. Vous ne rentrerez pas avec nous, bien sûr. C'est à vous de trouver votre chemin là où vous voudrez aller. Je ferai envoyer vos affaires à votre résidence de Bath. Je ne vous fournirai pas de références… En fait, si l'on me pose la question, je ne vous recommanderai *absolument pas* ! C'est vraiment très décevant, car vous m'aviez été chaudement recommandée.

Leur adressant un dernier regard, la comtesse tourna les talons et quitta la chambre.

— Oh, Juno ! Je suis sincèrement désolée.

La voix de Marina se brisa, et elle se couvrit le visage de ses mains. Juno passa son bras autour de la jeune femme.

— Ne pleurez pas pour moi. Ça va aller. Vraiment.

Avec un peu de chance, lady Cosford accepterait de lui prêter une calèche pour retourner à Bath. Cela dit, c'était le cadet de ses soucis. Ce qui l'inquiétait davantage, c'était de savoir comment la colère de lady Wetherby influerait sur l'avenir de Juno.

Et le fait que l'ire de sa mère affecterait cette pauvre Marina l'inquiétait tout autant. Juno aurait voulu pouvoir emmener la jeune femme avec elle. Elle ne s'en porterait que bien mieux. Elle pourrait lire à sa guise, et personne ne l'inciterait à épouser qui que ce soit.

— Je suis désolée que votre mère ne vous comprenne pas, dit doucement Juno. Voyez le bon côté des choses. Au moins, vous n'êtes pas obligée d'épouser quelqu'un dont vous ne voulez pas.

— Pour l'instant, précisa Marina d'un ton amer. Elle trouvera quelqu'un d'autre qui sera peut-être encore plus détestable.

— Vous n'avez pas vraiment trouvé le duc détestable, si ?

Juno trouvait qu'il était tout le contraire. Non pas que cela ait de l'importance. Le lendemain, elle quitterait la partie de campagne, et, avec un peu de chance, elle trouverait un nouvel emploi. Si elle agissait rapidement, elle pourrait trouver quelque chose avant que lady Wetherby n'ait eu l'occasion de porter atteinte à sa réputation.

Marina la serra très fort dans ses bras, à la grande surprise de Juno.

— Vous allez terriblement me manquer.

— Vous n'avez pas fini de me voir, lui répondit Juno avec un sourire. Je trouverai un moyen de vous aider, si vous le souhaitez.

— Vous êtes tellement gentille ! s'exclama Marina, qui recula et s'essuya les yeux. La personne la plus gentille que j'aie jamais connue. Et la plus courageuse. J'aimerais être comme vous. Je vais essayer. En commençant par dire à ma mère que je refuse de faire une autre saison, du moins pas cette année. Elle devrait se concentrer sur Rebecca.

La jeune sœur de Marina avait dix-sept ans, et elle pourrait peut-être faire ses débuts.

— Peut-être m'enfuirai-je en Écosse ou à Oxford. Oui, Oxford ! Je pourrai m'y déguiser en homme et me faufiler dans les cours.

Juno éclata de rire, se sentant un peu mieux à l'idée de quitter sa protégée. Elle avait su y faire avec sa mère durant tout ce temps, elle s'en sortirait. Marina soupira et joignit les mains.

— Je me sens beaucoup mieux, en fait. Comme vous l'avez dit, au moins, je n'ai pas à épouser ce duc odieux.

— En fait, je l'ai surnommé le duc inflexible, répondit Juno avec ironie, provoquant un rare rire de Marina.

— Cela lui convient parfaitement.

Juno l'avait pensé, mais, après leur rencontre passionnée dans l'orangerie, elle n'en était plus si sûre. Et elle ne le découvrirait jamais.

Ce qui la laissait avec un sentiment de déception.

CHAPITRE 7

*A*près avoir dîné dans sa chambre, et sans Marina, qui avait dû le faire avec sa mère dans la chambre de la comtesse, Juno sortit de la pièce en quête d'un verre de brandy, de porto ou de n'importe quoi d'autre qu'elle pourrait trouver. Elle fut heureuse de constater qu'une bouteille de madère et plusieurs verres étaient disposés dans le salon de l'étage. Elle s'en versa une petite quantité et s'installa dans un fauteuil pour réfléchir à la suite des événements.

Cecilia passa devant la porte ouverte, et Juno l'appela.

— Veux-tu te joindre à moi ?

— J'aimerais beaucoup, oui, répondit Cecilia, qui alla se servir du madère avant de prendre place près de son invitée. Tu nous as manqué au dîner, tout comme lady Wetherby et lady Marina.

— Tout le monde sait qu'elles s'en vont ? s'enquit Juno.

— Oui. Et seulement elles ? l'interrogea Cecilia. C'est ce que lady Wetherby a dit au majordome.

— C'est exact. Je ne pars pas avec elles, car je ne suis plus l'employée de lady Wetherby, expliqua Juno, pinçant les lèvres avant de boire une gorgée de vin.

Cecilia fronça les sourcils.

— Je suis désolée de l'apprendre. Ce n'est pas ta faute s'ils ne se conviennent pas !

— Je doute que tu puisses convaincre lady Wetherby de cela, dit Juno avec ironie. Elle me congédie sans me donner de références. Je crains de devoir te demander de me prêter un moyen de transport jusqu'à Wolverhampton, pour que je puisse ensuite prendre une calèche vers Bath.

Cecilia lui adressa un sourire chaleureux et un signe de la main.

— C'est absurde ! Tu dois rester jusqu'à la fin de la partie de campagne. Ensuite, je t'enverrai à Bath dans l'une de nos calèches.

— C'est extrêmement gentil de ta part, mais je ne voudrais pas m'imposer.

— Tu ne t'imposes pas. Par ailleurs, je me ferais une joie de te recommander. Comme je te l'ai dit, rien de tout cela n'est ta faute. Certaines personnes ne sont pas faites pour être ensemble.

— Tu as sans doute raison, mais j'ai malgré tout l'impression que nos efforts ont été vains.

Juno fronça les sourcils en contemplant son madère, puis elle en but une nouvelle gorgée.

— Nous aurions peut-être dû nous y attendre, regretta Cecilia. Il n'y avait tout simplement rien entre eux, pas même une once de curiosité.

— Beaucoup de gens se marient sans avoir passé le moindre temps ensemble, répliqua Juno en secouant la tête. Ce qui est terrible. J'avoue ne pas être déçue pour Marina. Elle ne l'aimait pas.

— Lui a-t-elle au moins accordé une chance ? s'enquit Cecilia, clignant des yeux. Cela n'a plus d'importance maintenant.

Juno grimaça.

— Je ne suis pas convaincue qu'elle l'ait fait. Cependant, le duc a semblé essayer, du moins il l'a fait aujourd'hui.

Jusqu'à ce que Juno gâche tout en l'embrassant. L'avait-elle poussé à parler à lady Wetherby ? Son comportement impulsif lui avait-il coûté son emploi ? Bien sûr que oui. Elle était furieuse contre elle-même.

— Il a dû se rendre compte que c'était une cause perdue, poursuivit Cecilia. J'ai cru comprendre qu'il avait explicitement informé la comtesse qu'il ne demanderait pas la main de lady Marina.

Tressaillant intérieurement, Juno confirma :

— Oui, c'est exactement ce qu'il a fait.

— C'est peut-être mieux pour lady Marina, suggéra Cecilia. Le duc est vraiment inflexible, et distant.

— J'avais effectivement des doutes quant à savoir si elle aurait été heureuse, avoua Juno. En fait, je crois que je plains la femme qui deviendra sa duchesse.

— Il semblait plus détendu au dîner ce soir.

Juno se redressa, intéressée.

— Vraiment ?

Cecilia acquiesça.

— Il a discuté avec les personnes qui l'entouraient et est resté attentif tout au long du repas. Il était à mille lieues de la veille, quand il est parti brusquement.

En effet.

— C'est extraordinaire.

— Il n'a même pas bronché quand lady Bentham lui a demandé s'il allait partir lui aussi, puisque sa potentielle future épouse s'en allait plus tôt.

Juno réprima un gloussement, portant brièvement la main à ses lèvres.

— Juste ciel ! Qu'a-t-il dit ?

— Il a répondu par un « non » succinct. Je me suis demandé si son comportement ce soir n'était pas une preuve supplémentaire que cette union n'aurait jamais fonctionné. Sans la pression de devoir déterminer si lady Marina et lui allaient s'entendre, il a pu se montrer sous son vrai jour.

Juno ricana.

— J'en doute. Il est bien trop sur ses gardes pour le permettre. Je suis choquée qu'il prévoie de rester alors qu'il déteste les parties de campagne. Qu'est-ce qui pourrait bien le retenir ici ? s'interrogea-t-elle, inclinant la tête. Peut-être est-ce à cause de tes écuries. Il a l'air d'apprécier ses chevauchées matinales.

— Tu as appris à bien connaître le duc. Sans doute à cause des efforts que tu as fournis pour le pousser vers lady Marina.

— Oui.

Ou bien, était-ce autre chose ?

— J'aimerais que tu restes aussi, insista Cecilia. Pourquoi ne profiterais-tu pas de cette partie de campagne en tant qu'invitée ?

— Je ne suis pas certaine que tes autres invités apprécieraient. Je ne suis pas…

Cecilia leva une main.

— Ne dis pas que tu n'es pas l'une des nôtres. Je sais que ton grand-père était un baron. *Est* un baron. Je crois savoir qu'il respire encore.

— Tu es terriblement bien informée, constata Juno d'un ton bon enfant.

— Ma mère a veillé à ce que je mémorise l'annuaire mondain *DeBrett.* La question est donc réglée. Tu restes.

Ce n'était pas une question, et Cecilia n'accepterait sans doute pas le refus de Juno.

— Je ne devrais pas.

— Mais tu le feras, car nous sommes devenues de très bonnes amies, et que je serais totalement affligée si tu partais.

Elle fit la moue pour faire bonne mesure, mais finit par

sourire. Juno laissa finalement échapper un rire avant de porter ses doigts à ses lèvres.

— D'accord. Je vais rester. Mais je parie que le duc finira par s'en aller. Car quelle raison pourrait-il avoir de rester ?

Cecilia haussa les épaules.

— Comme tu l'as dit, peut-être apprécie-t-il les écuries. Quelle que soit la raison, quelque chose a attiré son attention à Blickton.

~

*D*are s'appuya contre le mur juste à côté de la chambre que Juno partageait avec lady Marina et croisa les bras. Peut-être devrait-il rester ici toute la nuit pour voir Juno le matin avant qu'elle ne s'en aille. Il ne pouvait pas la laisser partir sans la revoir.

Et que pensait-il qu'il pourrait arriver ?

Son ancienne épouse potentielle, lady Marina, pourrait très bien sortir la première, et que lui dirait-il alors ?

— *Pardonnez-moi, mais je dois parler à votre dame de compagnie.*

Il laissa retomber ses bras le long de ses flancs et s'agita, mal à l'aise à cette simple idée. Si cela se produisait vraiment, il en resterait probablement coi.

Alors, que faisait-il ici ?

Il n'arrivait pas à se décider à partir. S'il le faisait, il ne reverrait sans doute jamais Juno.

Mais que feras-tu si tu la vois ?

Dare n'en avait pas la moindre idée. Expirant, il s'écarta du mur. Mais avant qu'il puisse se tourner et s'en aller, il l'aperçut. Elle se dirigeait droit sur lui.

Vêtue d'une robe simple, mais élégante, rose foncé et vert pâle, ses cheveux blonds coiffés de manière exquise, elle ressemblait à une confiserie. Certainement assez délicieuse pour être mangée.

Elle passa devant sa porte, ralentissant à mesure qu'elle approchait de lui.

— Bonsoir, my lord. Êtes-vous venu annoncer à lady Marina que vous avez changé d'avis ? Que vous êtes un imbécile ?

Elle lui sourit gentiment. Oui, elle était vraiment assez délicieuse pour être mangée, même quand elle l'insultait.

Elle n'avait pas tort.

— Je suis *effectivement* un imbécile. Cependant, je n'ai pas changé d'avis au sujet de lady Marina. Je suis venu vous voir.

Cela réduisit Juno au silence pendant un moment.

— Oh ! Pourquoi ?

— Je ne voulais pas que vous partiez avant que je vous dise au revoir.

— Vous musardez devant ma chambre pour me dire au revoir ?

Elle ricana, et il trouva ce son absurdement attirant. Jamais une lady n'avait fait cela en sa présence. Mais elle n'était pas une femme ordinaire.

— Est-ce à ce point étrange ?

— Pour vous ? Oui.

— Vous pensez si bien me connaître…

— Ne recommencez pas avec ce demi-sourire, lui intima-t-elle en reculant d'un pas. Vous avez dit au revoir. Maintenant, vous devriez aller au lit.

Dare aurait aimé que ce soit une invitation. L'idée d'être au lit semblait très séduisante, surtout si elle s'y trouvait.

— En fait, je n'ai pas dit au revoir.

Il ne pouvait s'y résoudre. Dire au revoir rendrait les choses réelles. Définitives. Juno soupira et posa une main sur sa hanche.

— Cela n'a pas d'importance, car je ne pars pas avec lady Wetherby et lady Marina.

Un frisson vertigineux envahit le duc.

— Vraiment ?

— Juste ciel ! Vous semblez vraiment soulagé ! s'exclama Juno, plissant les yeux en le regardant. Que vous arrive-t-il ? Et d'ailleurs, pourquoi ne partez-vous pas demain ?

— J'avais prévu de rester ici durant toute la partie de campagne. Je n'aime pas changer mes plans.

Elle le regarda, puis cilla.

— Même si cela signifie rester jusqu'au bout d'une partie de campagne alors que vous les détestez ?

— Je ne déteste pas celle-ci.

— Pourquoi ? s'enquit-elle, l'air incroyablement sceptique.

— Parce que je vous ai rencontrée. Maintenant que je sais que vous ne partez pas, je suis particulièrement enclin à rester pour apprendre à mieux vous connaître.

Elle le dévisagea et répéta :

— Pourquoi ?

— Je pense que c'est évident. Nous nous sommes embrassés tout à l'heure. C'était très agréable, affirma-t-il, puis il se renfrogna et secoua la tête. C'était sacrément fantastique !

— Comme c'est charmant de votre part de jurer en référence à ma capacité à embrasser, murmura-t-elle. C'était une épouvantable erreur. Quoi qu'il en soit, je pars après-demain. Je voulais m'en aller demain, mais Cecilia m'a convaincue de rester.

— Et lady Wetherby n'y voit pas d'inconvénient ?

Elle plissa les yeux jusqu'à ce qu'ils se réduisent à des fentes.

— Lady Wetherby m'a congédiée.

— Parce que je ne veux pas épouser sa fille ? l'interrogea

Dare, puis il jura et croisa le regard de Juno. Mes excuses. Parfois, j'oublie de garder ce genre de choses dans ma tête.

— Il en faut bien plus pour heurter ma sensibilité.

C'était un autre point en faveur de la jeune femme. Y avait-il quelque chose en elle qui ne soit pas merveilleux ? Même son sourire lui plaisait de plus en plus. Cependant, elle ne souriait plus à présent.

— Le fait que lady Wetherby vous laisse partir à cause de mes actes en dit bien plus sur elle que sur vous.

— Si seulement tout le monde pensait ainsi, murmura-t-elle. Peu importe. Elle était mécontente de la tournure des événements, et je lui sers de bouc émissaire.

— Mieux vaut qu'elle soit malheureuse maintenant, plutôt que sa fille le soit durant toute une vie. Aucun de nous ne voulait de ce mariage. Lady Marina semblait au comble de la torture chaque fois qu'elle se trouvait en ma présence.

Juno secoua la tête.

— Vous ne vous connaissez pas aussi bien que vous le pensez. Vous aviez exactement le même air en sa présence.

Le duc soupira.

— Pour ma défense, je ressemble à cela la plupart du temps lorsque je suis en compagnie d'autres personnes, en particulier lors d'un événement comme celui-ci.

— Est-ce vraiment de la torture ?

— C'est… inconfortable, précisa-t-il, déplaçant son poids d'un pied sur l'autre, et il éprouva un peu de cette gêne familière rien qu'en en parlant. Je préfère la solitude ou les petits rassemblements.

Mais, à cet instant, Dare était plus qu'à l'aise. Et c'était dû à la seule présence de sa déesse.

— C'est assez éprouvant de passer autant de temps avec autant de personnes.

— Vraiment ? dit-elle, semblant réfléchir à ses révélations, qu'il ne partageait jamais avec personne. Vous avez décrit

Marina avec précision. C'est bien dommage qu'aucun de vous deux n'ait pu dépasser cela, car vous avez beaucoup de choses en commun.

Dare haussa un sourcil en la regardant.

— Seriez-vous toujours en train de jouer les entremetteuses ?

— Non. Je dois aller de l'avant, et je suis prête à le faire. Je vais me mettre en quête de mon prochain emploi, et j'espère avoir plus de succès qu'avec Marina.

Elle semblait déçue.

— Je suis sûr que vous avez fait de votre mieux. Ce n'est pas votre faute si nous avons échoué à nous mettre en couple.

— Peut-être. Cependant, j'avais espéré provoquer davantage de changements chez ma protégée que je ne l'ai fait. Elle a développé ses compétences pendant que j'étais avec elle, mais dans l'ensemble, elle n'est pas plus prête à se marier qu'elle ne l'était lorsque j'ai commencé, confia-t-elle, puis elle pinça les lèvres. Lady Wetherby avait raison de dire que je n'ai pas réussi à faire avec Marina ce pour quoi j'avais été engagée.

— D'une certaine manière, je doute que ce soit votre faute, là aussi.

Elle afficha un air amusé, qui creusa de fines ridules autour de ses yeux.

— Comment pourriez-vous le savoir ?

— D'après ce que je sais, vous êtes extrêmement compétente, à tel point que vous êtes très demandée. Nul doute que vous trouverez rapidement un autre emploi.

Dare espérait que cela n'arriverait pas trop vite. Peut-être resterait-elle au-delà de la journée du lendemain.

— J'espère que vous avez raison. Si la nouvelle du mécontentement de lady Wetherby se propage, je risque d'être beaucoup moins demandée. Je dois aller me coucher. Marina doit s'en aller tôt demain matin, et je vais devoir commencer à rédiger ma correspondance. Je passerai sans doute la plus grande partie de ma journée à le faire.

Juno commença à se retourner, et Dare éprouva un élan de désir. Il faillit la supplier de ne pas s'en aller, mais ils ne pouvaient pas rester devant sa chambre.

— Cela ne prendra certainement pas autant de temps. S'il fait beau, venez vous promener avec moi. Nous irons voir le chêne au pied duquel nous aurions trouvé le gland qui nous aurait offert la victoire.

Elle fronça les sourcils, comme si elle était confuse.

— Pourquoi vous montrez-vous soudain charmant ? Vous êtes un gentleman des plus étranges. Ce gland ne nous aurait pas assuré la victoire. Nous avions plusieurs autres objets à rassembler.

— Je suis persuadé que nous aurions triomphé.

— À cause du gland ?

— Et pourquoi pas ?

Dare sentit le coin de sa bouche se relever, et il remarqua la réaction de la jeune femme. Elle plissa ses beaux yeux verts une fois encore.

— Pourquoi agissez-vous ainsi ? Pardonnez-moi, mais votre comportement actuel n'a rien à voir avec celui que vous avez présenté ces derniers jours.

— Je vous apprécie. Je ne ressens pas la moindre gêne quand je suis avec vous.

Juno se figea un instant, puis elle cilla.

— Oh ! Alors, bonne nuit.

Elle se retourna brusquement et entra dans sa chambre.

Dare contempla un moment la porte fermée, satisfait de la tournure de la conversation. Finalement, sa venue à cette partie de campagne ne serait peut-être pas une perte de temps.

CHAPITRE 8

*S*atisfaite de son avancement, Juno secoua la main après avoir rédigé quatre lettres aux personnes qui s'étaient renseignées sur ses services depuis qu'elle était au service de lady Wetherby. Elle demanderait à lord Cosford de les envoyer, et elle espérait qu'au moins l'une d'elles porterait ses fruits.

Elle se leva du bureau et parcourut la pièce du regard. Elle était plutôt en désordre suite au départ de Marina, et, comme Juno n'en était pas encore sortie ce jour-là, personne n'était venu la ranger. Elle devait sans doute laisser aux domestiques l'occasion de le faire, ce qui signifiait qu'elle devait la quitter.

Un coup d'œil vers la fenêtre lui indiqua que c'était une belle journée. Parfaite pour une promenade avec un duc inflexible. Un beau et soudain charmant duc inflexible.

Je vous apprécie.

Ces trois simples mots l'avaient hantée toute la nuit et la poussaient actuellement à accepter son invitation. Le souvenir de ses lèvres sur les siennes, de la caresse érotique de sa langue dans sa bouche, de ses mains étreignant son corps, la laissant frémissante, lui revint en force. Il l'avait invitée à marcher, pas à s'engager dans une liaison.

Le ferait-elle ?

Elle était entre deux emplois, et elle avait l'habitude de prendre un amant pendant ces périodes. Cependant, aucun d'entre eux n'avait été un duc, inflexible ou non. En fait, elle n'avait jamais eu d'amant titré. Son rang élevé avait-il un effet dissuasif sur Juno ? Certainement pas. Son caractère désagréable, en revanche…

Sauf qu'il était devenu bien moins brusque, du moins avec elle. Il s'était montré bourru avec Marina, mais, d'un autre côté, celle-ci n'avait pas été très agréable avec lui. Elle comprenait aussi son comportement à présent, et elle savait qu'il avait vraiment du mal avec la plupart des gens. En toute honnêteté, Marina et lui se ressemblaient beaucoup. C'était peut-être pour cela qu'ils ne se convenaient pas.

Les adieux de ce matin-là avaient été difficiles, mais Marina avait fait montre d'une fermeté et d'une détermination qui avaient apaisé les craintes de Juno. Elle soupçonnait que lady Wetherby risquait d'avoir un choc si elle poussait sa fille trop loin. Peut-être Juno avait-elle été plus efficace qu'elle ne l'avait cru au départ.

Une feuille dorée passa devant la fenêtre, et Juno décida de profiter de cette journée radieuse. Elle enfila rapidement une élégante robe de ville bleu foncé, prit ses gants et un joli chapeau à larges bords, ainsi que le courrier qu'elle avait l'intention de remettre à lord Cosford, avant de se précipiter au rez-de-chaussée.

Trouvant le majordome, Junon lui confia les lettres en lui demandant de les remettre à son hôte. Maintenant… où se trouvait le duc ?

Alors qu'elle approchait du salon, qui semblait être le quartier général de la partie de campagne, elle entendit des

voix. Lorsqu'elle entra, elle fut accueillie presque immédiatement par Cecilia.

— Oh! Te voilà, Juno. J'allais justement t'envoyer un
message. Nous organisons une promenade impromptue au
village, puisqu'il fait si beau.

Juno balaya la pièce du regard et trouva le duc debout
dans un coin, arborant son habituel air renfrogné. Que
s'était-il passé? Pourquoi était-il revenu à son caractère
irascible?

— Nous allons marcher jusqu'au village et nous pren-
drons un rafraîchissement au *Wayward Knight*, poursuivit
Cecilia. Ensuite, les calèches nous ramèneront, de sorte que
nous aurons le temps de nous reposer et de nous changer
pour le dîner.

— Voilà qui me semble formidable, dit Juno, adressant un
regard au duc, qui paraissait vraiment *très* inflexible à cet
instant. Excuse-moi un moment.

Elle s'approcha du coin de la pièce où se tenait le duc.

— On dirait que quelqu'un a volé votre cheval.

Surpris, il cligna des yeux.

— Je ne peux pas avoir l'air aussi en colère!

Elle rit doucement.

— Je ne sais pas à quel point cela pourrait vous mettre en
colère, mais vous avez l'air assez mécontent. Que s'est-il
passé pour que vous soyez d'humeur aussi misérable?

— Je n'ai pas envie de marcher jusqu'au village avec tout
le monde.

— Mais, vous m'avez invitée à me promener aujourd'hui.
C'est d'ailleurs pour cela que je suis descendue.

Un autre éclair de surprise passa sur ses traits, mais différent du précédent : il y avait aussi une étincelle dans son
regard. De l'impatience, peut-être.

— Vraiment?

— Maintenant, je me demande si je ne devrais pas trouver quelqu'un d'autre avec qui marcher.

— Non ! dit-il rapidement. C'est juste que… ce n'est pas la promenade que j'avais prévue.

Juno inclina la tête sur le côté.

— Qu'aviez-vous prévu ?

— Rien que nous deux.

Elle repensa à ce qu'il avait dit la veille au soir, qu'il ne supportait pas d'être entouré de tant de monde et qu'il n'aimait pas changer ses plans.

— Je vois. Et si nous marchions derrière tout le monde ?

Il se détendit, ses épaules s'affaissèrent. Elle vit une partie de sa tension disparaître.

— Pourquoi vous montrez-vous à ce point inflexible ?

— J'aime la routine. J'aime savoir à quoi m'attendre.

— Vous n'aimez pas les surprises, et cette activité spontanée vous a déstabilisé.

La gratitude réchauffa son regard.

— Vous comprenez.

— Je crois que oui.

Le duc esquissa un léger sourire, et elle regretta qu'il ne le fasse pas pleinement. Il était encore plus beau quand ces étincelles d'humour illuminaient ses traits. S'il le laissait prendre le dessus, Juno soupçonnait que l'effet en serait dévastateur.

Cecilia s'approcha d'eux.

— Vous êtes prêts ? Nous allons partir dans quelques minutes. Malheureusement, lord Cosford n'est pas en mesure de se joindre à nous en raison d'une urgence avec l'un de ses chevaux.

Le duc fronça les sourcils.

— J'espère que tout va bien. A-t-il besoin d'aide ?

— Je suis sûre que tout ira bien. Je vous remercie de votre

sollicitude, duc, lui dit-elle avec un signe de tête, puis elle s'éloigna.

Juno fut un peu surprise que sa nouvelle amie ne s'attarde pas. Elle se serait attendue à ce que Cecilia veuille marcher avec elle, ruinant par-là même les nouvelles attentes du duc. Peut-être n'en avait-elle pas envie. Et, dans le cas contraire, Juno s'occuperait de ce problème lorsqu'il se présenterait.

Elle se tourna vers le duc alors que les autres invités commençaient à sortir du salon.

— Je suppose que nous devrions nous mettre en route.

— Je suis émerveillé que vous soyez capable de me percevoir aussi bien.

Elle lui lança un regard narquois tandis qu'ils attendaient que tout le monde les précède hors de la pièce.

— Je ne suis pas sûre que ce soit flatteur.

— Je veux seulement dire que vous êtes très différente de moi. Vous n'êtes absolument pas inflexible... Il me semble que c'est le terme que vous avez employé. Vous êtes joyeuse et charmante, manifestement à l'aise avec toutes les personnes qui vous entourent. Je me demande si cela vous stimule.

— C'est le cas. Dans une certaine mesure. Je suis toujours favorable à un répit. Surtout avec les spécimens de la bonne société, murmura-t-elle avec un regard vers les derniers invités qui quittaient la pièce.

Le duc éclata de rire.

— Ne suis-je pas un spécimen de la bonne société ?

Juno contempla son visage, rayonnante de plaisir. *C'était absolument dévastateur.*

— Oh, recommencez !

— Quoi ?

— Riez. Promettez-moi de recommencer avant la fin de la journée.

— Avec vous à mes côtés, je dirais que c'est tout à fait

possible. Je ne me souviens pas de la dernière fois où quelqu'un m'a fait rire, lui dit-il, la regardant d'un air perplexe. C'est exactement ce que je voulais dire : nous sommes très différents. Vous êtes la lumière, le soleil même, tandis que je suis les ténèbres. Pas même la lune, car elle peut briller de mille feux. Plutôt un vide.

Juno le regarda d'un air renfrogné.

— Vous ne pouvez pas penser une telle chose à votre propre sujet ! Vous n'êtes certainement pas un vide, insista-t-elle en lui saisissant l'avant-bras qu'elle serra. Vous voyez ? Vous êtes de chair et d'os, un homme.

Soudain, elle pensa à lui de la manière la plus primitive qui soit.

— Nous devrions y aller avant de ne plus pouvoir les rattraper, déclara-t-elle, puis elle tourna les talons et sortit du salon.

Il marcha à ses côtés quand ils eurent quitté la pièce.

— Vous n'avez pas répondu à ma question. Ne suis-je pas un spécimen de la bonne société ?

— Juste ciel, non ! Vous êtes un duc, certes, mais j'ai cru comprendre que vous détestiez la bonne société. Et vous ne vous comportez assurément pas comme les personnes que j'ai pu y croiser.

— En avez-vous rencontré beaucoup ?

— Mon grand-père était un baron, alors, oui, j'en ai rencontré suffisamment.

Le duc sembla sincèrement surpris.

— Comment la petite-fille d'un baron devient-elle une dame de compagnie rémunérée ?

— Mon cher duc, nous sommes tous à une décision d'une vie radicalement différente. Pensez à ces fiançailles entre vous et Marina, qui auraient pu arriver. Si vous aviez décidé de faire votre demande, tout aurait déjà changé pour vous.

— Voilà une histoire que j'aurai bien envie d'entendre sur le chemin du village. Me la raconterez-vous ?

— Vous devrez alors me raconter une histoire de mon choix en retour.

Juno ne savait pas encore ce qu'elle allait demander, mais elle trouverait bien quelque chose. Ils sortirent au soleil et Juno leva les yeux vers lui.

— Avons-nous un accord ?

— Oui, répondit-il en posant sur la jeune femme un regard intense, ses yeux sombres semblant essayer de tout percevoir en elle. Maintenant, parlez-moi de cette décision qui a changé votre vie.

~

Ce n'était pas ce que Dare avait imaginé lorsqu'il avait invité Juno à se promener avec lui aujourd'hui. C'était mieux. Il n'avait pas imaginé la vague de joie qui envahissait sa poitrine, ni l'absolue justesse de la sensation d'être avec elle, comme s'il n'y avait nulle part ailleurs où il aurait dû se trouver.

Ils marchaient à plusieurs pas derrière le trio d'invités le plus proche. Tout le monde était quelque peu réparti le long du chemin. Ils étaient baignés par la lumière dorée du soleil, tandis que les arbres aux couleurs éclatantes bordaient le côté droit de leur parcours.

— La décision d'épouser Bernard Langton a changé ma vie, dit-elle simplement, puis elle sourit et secoua la tête. En fait, ce n'était pas vraiment le moment de ma décision. C'est quand j'ai annoncé à mes parents que je désirais épouser le fringant instituteur que j'avais rencontré à l'assemblée locale. Ils étaient horrifiés.

Le duc la regarda, resplendissante dans sa robe de marche bleu foncé bordée d'un or brillant.

— Parce qu'il était instituteur ?

— Pas seulement pour cela, mais oui, cela en faisait partie. Il était également tapageur et charmant… excessivement charmant, selon la description de ma mère.

— Il me semble que c'était un bon parti pour vous. Vous êtes très charmante.

— Ma mère dirait que c'est pour cette raison que j'avais besoin d'un mari plus paisible.

— Elle pensait que vous aviez besoin d'être calmée ?

Dare ne changerait rien à ce qu'elle était. *Maintenant.* Lors de leur rencontre, à peine quelques jours plus tôt, il avait pensé qu'elle souriait trop, qu'elle était trop… énergique. Cela semblait ridicule tant ses sourires et son énergie illuminaient le monde. *Son* monde à lui.

Elle rit encore.

— Eh bien, oui ! Elle le pensait. Plus important encore, elle voulait que j'épouse quelqu'un de respectable. Bernard était quelqu'un de bruyant, il avait des opinions bien arrêtées. Les gens l'adoraient ou le vilipendaient. Je faisais partie de la première catégorie, bien entendu. Il avait aussi tendance à boire plus que de raison, conclut Juno en grimaçant, et le duc se demanda comment Langton était décédé.

— Que lui est-il arrivé ?

— Je n'en suis pas tout à fait sûre. Un soir, il n'est pas rentré du pub. Le forgeron l'a trouvé au pied d'une colline à la sortie de la ville, face contre terre dans un ruisseau.

Elle parlait d'un ton neutre, comme si elle ne le pleurait plus, ou même qu'elle ne l'avait pas pleuré du tout. Sauf qu'elle avait dit qu'elle l'avait adoré.

Dare étudia le profil de la jeune femme, notant son léger froncement de sourcils.

— Vous soupçonnez quelque chose de funeste ?

— Pas vraiment. Il était sûrement ivre et a succombé à un malheureux accident.

— Étiez-vous mariés depuis longtemps ?

— Moins d'un an. Comme vous pouvez l'imaginer, il m'a laissée dans un état un peu particulier, dit-elle avec ironie. Je ne pouvais pas retourner dans ma famille, pas après leur refus d'assister à notre mariage. J'ai répondu à une annonce pour devenir dame de compagnie à Bath. Là-bas, j'ai aidé la petite-fille de mon employeuse à trouver un mari. Une autre femme m'a proposé de doubler mes gages si je venais aider sa fille à faire de même.

— Vous avez donc quitté votre employeuse ?

Juno secoua la tête.

— Lady Dunwoody m'a donné ma chance quand j'en avais le plus besoin. Je suis restée avec elle jusqu'à son décès, environ un an plus tard.

— Vous êtes loyale.

— À l'excès, diraient certains, ajouta-t-elle en souriant au duc. Je pense qu'il est primordial de rester fidèle à ses principes et aux côtés des personnes que l'on s'est engagé à aider, ou qui comptent pour nous.

Dare soupçonnait que la loyauté farouche de la jeune femme découlait du fait que sa propre famille ne l'avait pas soutenue. Il éprouva soudain un désir grandissant de rester à ses côtés, de lui montrer qu'elle avait de la valeur.

— C'est une qualité admirable, dit-il doucement.

— Je vous ai raconté la décision qui a changé ma vie. À présent, c'est à vous de répondre à ma question.

— Je n'ai pas pris de décision qui a changé ma vie.

— Je ne pensais pas que vous l'aviez fait. Vous n'aimeriez pas que votre vie change. Vous n'avez même pas apprécié que les circonstances de la promenade d'aujourd'hui soient modifiées.

Il y avait de l'humour dans le ton de Juno, et il ne put s'empêcher d'éprouver un sentiment d'entrain qu'elle seule était capable de déclencher.

— Est-ce pour cela que vous n'avez pas accordé la
moindre chance à Marina ? Le mariage est un changement
de vie considérable. Peut-être n'êtes-vous pas prêt pour
cela.

Dare tressaillit intérieurement. Un coup direct.

— J'ai essayé de lui donner une chance. Simplement, elle
ne correspondait pas à ce que je recherche.

Juno pencha la tête pendant qu'ils marchaient, l'observant
d'un œil.

— Voici donc ma question. Que recherchez-vous chez
une épouse ? Qu'est-ce qui vous pousserait à bouleverser
votre vie ?

Quand elle le disait ainsi, Dare n'était pas certain d'avoir
envie de bouleverser sa vie. Mais il devait le faire.

— Je suis un duc et j'ai besoin d'une duchesse. Je suis venu
parce que ma mère ne cessait de me répéter que je la trouverais ici. Je suis convaincu qu'elle a œuvré avec lady Cosford
pour organiser cette partie de campagne dans l'unique but de
jouer les entremetteuses entre lady Marina et moi. Tout le
monde, semble-t-il, pensait que nous nous conviendrions
parfaitement.

— Sauf que cela n'a pas été le cas.

— Non, effectivement, et ce n'est pas faute d'avoir essayé.
Vous vous intéressez à quelqu'un ou vous ne vous y intéressez pas. Je sais que de nombreuses personnes se marient
sans éprouver un sentiment de connexion ou de… justesse,
mais je n'en fais pas partie.

— C'est aussi une qualité admirable, déclara-t-elle, solen-
nelle. Vraiment. Je dois vous présenter mes excuses pour
vous avoir reproché de ne pas avoir essayé de faire en sorte
que cela fonctionne.

— Comme vous l'avez dit, à première vue, cette union
semblait idéale. Cependant, les apparences peuvent parfois
être trompeuses. Il suffit de penser à Langton et vous… selon

votre famille, votre union n'était pas viable, mais vous saviez que c'était la bonne décision.

— Vous avez sans doute raison, mais, en fin de compte, les choses n'ont pas bien tourné pour lui et moi. Peut-être mes parents n'avaient-ils pas tout à fait tort.

— Vous ne devez pas douter de vous, surtout à propos de choses qui se sont déjà produites. Vous ne pouvez pas changer ce qui s'est passé. Vous pouvez seulement décider de la manière dont cela vous affecte.

— Juste ciel ! Vous êtes un homme bien plus profond que je ne l'avais imaginé. Et c'était une grave erreur de ma part, ajouta-t-elle avec un doux sourire. Vous n'avez toujours pas répondu à ma question. Quel genre de femme pourrait vous pousser à vous marier ?

Dare réfléchit un instant avant de répondre.

— Quelqu'un qui apprécie la vie, pas les futilités de la bonne société, mais la joie simple d'une promenade par une belle journée d'automne. Une femme courageuse et forte, qui n'a pas besoin du titre de duchesse pour se sentir accomplie. Quelqu'un qui ne se dérobera pas devant moi ou qui ne me trouvera pas trop… inflexible, ajouta-t-il après un instant d'hésitation.

Elle croisa son regard avec une certaine compassion et une nuance d'autre chose… du regret, peut-être.

— J'espère ne pas vous avoir insulté. Parfois, je devrais vraiment apprendre à tenir ma langue.

— Pas du tout : je ne me suis pas senti insulté, et vous n'avez pas besoin de changer. Votre franchise est un autre trait admirable.

Dare était conscient que tout ce qu'il venait de dire décrivait parfaitement Juno. Elle irradiait la joie et la force. C'était une femme qui avait fait ses propres choix, et elle ne s'en excusait pas.

Elle le poussait également à sourire, et même à rire. À

sortir de son côté inflexible, pour reprendre son mot, et à trouver de la joie dans la spontanéité. Le silence s'étira entre eux, ponctué par le chant d'un oiseau tout proche. Il espérait n'avoir pas rendu les choses gênantes. Il n'était pas la personne la plus sociable qui soit.

— Peut-être devrais-je vous engager pour m'aider à trouver une épouse.

Elle lui lança un regard perçant, puis elle éclata de rire.

— Vous plaisantez.

— Oui. Je me rends compte que je ne le fais pas très souvent.

— Seriez-vous en train de vous détendre ?

— Apparemment. Je fais cette promenade alors que je n'en avais pas vraiment envie, n'est-ce pas ?

Juno lui donna un léger coup de coude dans le bras.

— Allons… vous n'aviez vraiment pas envie de venir ? J'ai entendu dire que vous vous promeniez tous les jours. Et que vous faisiez également une sortie à cheval.

— J'aime être dehors. Mais pas avec une foule d'autres personnes.

Il inclina la tête vers le groupe qui se trouvait devant eux.

— Y a-t-il d'autres personnes ici ? s'enquit-elle avec une timidité feinte. Je n'avais pas remarqué.

À vrai dire, Dare n'avait pas vraiment fait attention à eux non plus. Il avait été trop concentré sur elle, trop absorbé par leur conversation. Les yeux verts de Juno scintillaient dans la lumière du soleil de l'après-midi, et il admit en silence qu'il n'avait jamais rencontré de femme aussi belle, et pas seulement en apparence.

Le village apparut alors qu'ils gravissaient une petite colline. Il n'avait pas envie que cette promenade étonnamment idyllique se termine.

— Je suis heureux d'avoir décidé de rester, déclara le duc. Et vous ?

— Oui.

Et pourtant, elle partirait le lendemain. À moins qu'il ne parvienne à la persuader de rester. Pour quelle raison ? Parce qu'il ne supportait pas l'idée qu'elle parte.

— Envisageriez-vous de changer d'avis à propos de votre départ demain ? Nous pourrions faire une autre promenade. Ou, mieux encore, venez vous promener à cheval avec moi demain matin. Vous avez affirmé que c'était surfait, et j'aimerais vous prouver le contraire. Je pourrais également vous aider à vous améliorer aux échecs.

Juno ralentit presque jusqu'à s'arrêter.

— Ce serait là un programme bien rempli, et j'avoue que cela me tente. J'aimerais beaucoup progresser aux échecs, et je suis tout aussi impatiente de vous prouver que l'équitation est *effectivement* surfaite. Malgré cela, je devrais sans doute m'en aller. J'ai envoyé des lettres aujourd'hui, dans l'espoir de trouver mon prochain emploi. Je vais devoir rentrer à Bath, où je pourrai recevoir des réponses.

— Et si je vous engageais ?

— Pour vous trouver une épouse ? lui demanda-t-elle en souriant doucement. Je croyais que vous plaisantiez.

— C'était le cas, mais plus maintenant, affirma Dare, car il était prêt à faire n'importe quoi pour qu'elle reste.

— Je vous remercie, mais non. Je n'ai aucune compétence en la matière. Je travaille avec des ladies, pas des gentlemen.

— Ne voyez-vous pas que j'ai besoin d'apprendre la flexibilité et le charme ? Cela ne peut pas être plus difficile que de travailler avec de jeunes ladies.

Elle éclata de rire à ses mots et lui toucha la main. Même s'ils portaient des gants, cette connexion le secoua. Dare brûlait d'envie de la prendre dans ses bras et de reprendre le baiser qu'ils avaient interrompu la veille.

Il tourna les yeux vers le groupe qui se trouvait maintenant assez loin devant eux, car ils s'étaient arrêtés. Si les autres n'étaient pas tout près, n'importe lequel d'entre eux pouvait regarder en arrière et les voir s'embrasser. S'il l'embrassait. Ce qui signifiait qu'il ne pouvait pas le faire. Il laissa l'impatience et la tension sexuelle monter en lui tandis qu'elle retirait sa main.

Juno se lécha la lèvre inférieure, et il faillit gémir.

— Je ne pense pas pouvoir vous aider. En effet, je crois que vous possédez déjà la capacité de vous détendre et de laisser transparaître votre humour et votre charme… Et oui, je pense que vous avez du charme. Cessez simplement de tenir tout le monde à distance. Je comprends que cela vous soit difficile, mais plus vous vous autoriserez à être vulnérable, plus vos relations seront enrichissantes.

Oui, c'était exactement ce qu'il voulait. *Avec elle.* Dare avait déjà partagé plus avec Juno qu'avec n'importe qui d'autre. Il aimait cette sensation. Il ne voulait plus recommencer à tout enfermer à double tour.

— Nous devrions continuer à avancer, suggéra-t-elle avec un sourire, avant de hâter le pas.

Il n'allait pas la laisser éviter de répondre à sa question.

— Même si vous avez refusé mon offre de vous embaucher, resterez-vous ? Au moins un jour de plus ?

Elle se tourna vers lui avec un nouveau sourire aux lèvres… Comment avait-il pu les détester ?

— Je vais y réfléchir. Maintenant, ne me harcelez pas. Je préfère de loin entendre parler de votre cheval préféré. Je suppose que vous en avez plus d'un.

Dare se lança alors dans une discussion sur ses chevaux préférés, et il fit de son mieux pour profiter du moment. Il avait l'intention de profiter de chaque instant passé avec elle.

CHAPITRE 9

*A*u moment où ils atteignirent le *Wayward Knight*, Juno n'était plus du tout sûre de connaître le duc. Elle aurait également aimé ne plus l'appeler « le duc » dans sa tête. Elle connaissait son nom. Il était Alexander Brett, duc de Warrington. Sa famille, qui semblait se réduire à sa mère, l'appelait-elle Alexander ? Alex ? Sans doute que non. Il devait avoir un titre de courtoisie, mais elle ne s'en souvenait pas. Sa mère l'utilisait sans doute.

La jeune femme remarqua que Cecilia n'avait pas ralenti une seule fois le long du chemin pour permettre à Juno et au duc de les rattraper. Cependant, elle avait jeté quelques regards en arrière, ce qui lui indiquait que son hôtesse était consciente qu'ils étaient à la traîne. Les autres avaient-ils remarqué que le duc et elle marchaient ensemble ?

Ne tenant pas à alimenter les rumeurs ou les spéculations, Juno décida de lui fausser compagnie lorsqu'ils atteignirent l'auberge. Elle se rendit à la table des rafraîchissements pour y chercher une chope de bière et s'installa sur le côté de la salle à manger privée réservée à leur groupe.

À peine Juno eut-elle bu une gorgée qu'une autre invitée

de la partie de campagne s'approcha d'elle. Lady Gilpin était âgée d'une quarantaine d'années, elle avait des cheveux auburn sombre, et un tempérament chaleureux. C'était une amie proche de Cecilia.

— Madame Langton, avez-vous apprécié la promenade ?

— Oui, merci. Quelle belle journée !

— En effet. Je ne voudrais pas vous paraître indiscrète, mais j'ai entendu dire que vous n'étiez plus employée par lady Wetherby. Oserais-je espérer que vous êtes à la recherche d'un nouveau poste ?

— C'est le cas, en effet, répondit Juno, supposant que Cecilia l'en avait informée. En quête d'un nouvel emploi, je veux dire.

Elle s'abstint de parler de lady Wetherby ou Marina. C'était mieux ainsi. Les yeux de lady Gilpin s'illuminèrent.

— Quelle chance pour moi… et pour ma fille. Elle fera sa première saison au printemps, et j'aimerais vraiment que vous l'y prépariez.

— Parlez-moi d'elle, dit Juno en souriant.

— Elle est assez timide. Elle n'arrive jamais à trouver les mots justes dans les situations sociales. C'est comme si elle avait la langue nouée.

— Je vois. C'est un point sur lequel nous pouvons travailler. Qu'en est-il de ses autres compétences ?

— Il n'y a pas de problèmes particuliers. Cependant, elle aurait besoin d'un peu d'aide en matière de tenue. S'il y a quelque chose à renverser ou un vêtement à déchirer, c'est à Dorothy que cela arrivera. Elle est sans doute maladroite, dit lady Gilpin avec un sourire inquiet.

— J'ai aidé d'autres jeunes femmes qui ressemblaient beaucoup à la description que vous faites de votre Dorothy. Je suis convaincue que je peux la préparer à conquérir Londres au printemps prochain.

Cela signifiait-il que Juno allait accepter l'offre de lady

Gilpin ? Être la dame de compagnie de la fille d'un baronnet n'était pas la position la plus illustre, mais elle s'offrait à elle. Et si personne d'autre ne répondait à ses demandes parce que lady Wetherby s'empressait de la dénigrer ? Mieux valait qu'elle décroche un emploi maintenant, avant de n'être plus en mesure de le faire.

— Cela signifie-t-il que vous viendrez ? s'enquit lady Gilpin, qui avait l'air si heureuse que Juno ne voyait pas comment décliner, maintenant. Votre réputation est exemplaire. En fait, j'avais envisagé de vous écrire il y a quelques mois, mais ma mère m'avait assuré que vous seriez trop occupée pour aider quelqu'un comme ma Dorothy.

Juno grimaça intérieurement. Les demandes qu'elle avait envoyées concernaient une vicomtesse, deux comtesses et une marquise. Si elle avait eu le choix, se serait-elle occupée de Dorothy ?

Cela n'avait pas d'importance, et elle ne se sentirait pas coupable de travailler pour se placer dans les plus hautes sphères de la société. Elle était une femme seule au monde, et elle avait eu la chance de pouvoir gagner sa vie de manière indépendante. Elle serait idiote de ne pas accepter le poste le mieux payé et le plus prestigieux qu'elle pourrait trouver. Tout comme elle serait stupide de refuser un emploi qui lui était offert.

— Je serai ravie d'aider Dorothy, déclara Juno. Cependant, je ne m'engage jamais sur une période particulière. Il se peut que nous terminions notre travail ensemble avant le début de la saison. Je pourrai vous donner une meilleure évaluation lorsque j'aurai passé du temps avec elle. Cela vous convient-il ?

— Oh ! Oui. Merci beaucoup, lui dit lady Gilpin, dont le soulagement était palpable ; Juno était doublement contente d'avoir accepté. J'ai du mal à contenir mon excitation ! Quand pouvez-vous commencer ?

— Je dois d'abord rentrer chez moi à Bath, mais je pourrai venir vous voir une semaine après la fin de la partie de campagne. Cela vous laissera-t-il le temps de vous reposer ?

— Ce serait parfait. Dorothy sera vraiment ravie de recevoir de l'aide. Elle peut se montrer parfois si nerveuse !

Juno se réjouissait de pouvoir l'aider. Elle avait l'air bien plus facile que Marina ne l'avait été. La jeune femme se sentait mal à l'aise à cette idée. Elle s'était beaucoup attachée à cette jeune femme, mais elle était plutôt difficile. Elle était la seule personne qu'elle avait cherché à aider, mais qui ne voulait pas de son assistance. En fait, Marina aurait préféré qu'on la laisse tranquille.

Elles discutèrent encore quelques minutes avant que lady Gilpin ne s'excuse. Juno était soulagée d'avoir obtenu un nouveau poste avant que lady Wetherby puisse la calomnier. Et, maintenant, elle avait un peu de temps devant elle avant de commencer.

Son regard se porta sur le duc. Il se tenait de l'autre côté de la pièce avec deux gentlemen, mais il semblait plutôt en retrait. Il la regardait fixement. Lorsque leurs yeux se croisèrent, il leva sa chope en un toast silencieux.

Une bouffée de chaleur inattendue envahit la jeune femme. Inattendue ? Cela n'aurait pas dû être le cas. Pas après le baiser de la veille ou la façon dont son corps tout entier l'avait picotée lorsqu'elle l'avait touché pendant la promenade jusqu'au village.

L'idée de passer quelques jours cachés avec le duc était incroyablement séduisante. Et elle était presque certaine qu'il serait intéressé par une liaison. Les parties de campagne ne se prêtaient-elles pas parfaitement à ce genre d'activités ?

Non, elle ne pouvait pas risquer son moyen de subsistance de cette manière. Si lady Gilpin avait vent d'une quelconque inconvenance de la part de Juno, elle ne permettrait pas à quelqu'un d'aussi peu recommandable de guider sa fille.

Elle devrait se comporter au mieux jusqu'à son départ pour Bath.

Cecilia s'approcha d'elle.

— Que voulait lady Gilpin ?

— M'offrir un emploi pour aider sa fille. J'ai pensé que tu lui avais dit que je cherchais un nouveau poste.

— Je l'ai fait, c'est vrai. Je connais Penelope depuis des années. Vas-tu aider Dorothy ? C'est une fille adorable, mais plutôt maladroite et nerveuse, dit Cecilia avec un petit sourire.

— Oui, j'ai accepté de l'aider. Merci d'avoir parlé de moi.

— Tout le plaisir était pour moi. Je suis aussi venue te dire que tu rentreras à la maison avec le duc et moi.

Au début, Juno avait cru qu'elle allait uniquement mentionner le duc. Parce qu'elle l'espérait ? Elle ne pouvait nier qu'il y avait bien pire que de partager une voiture seule avec lui.

— J'avais espéré rentrer avec sir Edmund et lady Gilpin, dit-elle. Pour que nous puissions parler de Dorothy.

— Oh ! Mais il me semble qu'ils sont déjà partis. Ils étaient dans la première calèche. Quoi qu'il en soit, tu es la seule en qui j'ai confiance pour voyager avec le duc. Il fait peur à tous les autres ! s'exclama Cecilia avant d'éclater de rire.

Cela n'amusait pas Juno. Maintenant qu'elle le connaissait mieux, elle comprenait les excentricités du duc. Il n'avait rien d'effrayant.

— Est-ce vrai ?

Calmée, Cecilia pinça brièvement les lèvres.

— Pas tout à fait, non. Il n'effraie pas la plupart des gentlemen, mais tous rentrent avec leur épouse.

Exact. Et il n'y avait pas d'autres gentlemen célibataires, grâce à Cecilia. Celle-ci se tourna vers la porte.

— Je ferais mieux de superviser les départs. Les véhicules sont déjà dehors.

Juno termina sa bière et posa la chope vide sur une table. Alors qu'elle s'avançait vers la porte, elle constata que presque tout le monde était déjà sorti. Sauf le duc. Il l'attendait juste sur le seuil.

— J'ai cru comprendre que nous allions rentrer ensemble, dit-il.

Sa voix était toujours si grave et nuancée par ce grognement bourru qu'elle appréciait plus qu'elle ne l'aurait cru.

— Avec Cecilia, précisa-t-elle, de peur qu'il ne pense qu'ils ne seraient que tous les deux.

Aurait-il attendu cela avec impatience ?

— Oui.

Il y avait une certaine noirceur dans ce mot, comme s'il était déçu qu'ils ne soient pas seuls. Un frisson de joie la parcourut.

Ils passèrent dans la pièce principale, puis sortirent dans la cour, où le dernier groupe montait dans une calèche. Il ne restait donc qu'un petit véhicule pour les trois personnes qui restaient.

Sauf qu'un cabriolet entra dans la cour, conduit par lord Cosford. Souriant, il salua sa femme d'un signe de la main.

— Je suis là, ma chérie !

— Oh ! s'exclama Cecilia, portant une main à sa poitrine avant d'arborer un large sourire. Quelle merveilleuse surprise !

— Je ne pouvais pas laisser passer toute cette activité sans faire une apparition, déclara Cosford, qui tourna ensuite les yeux vers Juno et le duc. Vous ne voyez pas d'inconvénient à ce que je vole la comtesse, n'est-ce pas ?

Cecilia se dirigeait déjà vers le cabriolet quand il en descendit pour l'aider à s'y installer. Que pouvait dire Juno ? Elle jeta un regard de côté au duc, qui haussa très légèrement les épaules. D'ailleurs, avait-elle envie de dire quoi que ce soit ? À présent, elle allait se retrouver seule avec le duc.

Les soupçons qu'elle nourrissait à l'égard de Cecilia, qui, selon elle, orchestrait les occasions de les laisser seuls, se muèrent en certitude.

— Nous nous retrouverons à la maison ! s'exclama leur hôtesse en leur adressant un signe de la main tandis que son mari sortait de la cour.

— Je suppose que cela signifie que nous aurons la calèche pour nous seuls, remarqua le duc.

Il lui offrit son bras et l'escorta jusqu'au véhicule où le cocher les attendait.

Le duc l'aida à entrer dans la calèche, et il y grimpa à sa suite. L'espace intérieur lui sembla plus réduit que la normale. Et faiblement éclairé. *Intime.* Le soleil était bas dans le ciel. Le crépuscule n'était pas encore tout à fait là, mais il ne tarderait pas. Il y avait une lanterne, mais elle n'était pas allumée. Ils arriveraient sans doute à la maison avant la tombée de la nuit, il n'avait donc pas été nécessaire de l'allumer.

Ou peut-être Cecilia essayait-elle de créer une ambiance. Avait-elle décidé d'exercer ses talents d'entremetteuse sur Juno, maintenant que Marina n'était plus là ? Juno n'avait pas besoin d'un futur époux. Elle était tout à fait capable de rester seule et d'en être heureuse.

— Je crois que Cecilia a planifié cela, murmura Juno, alors que la calèche se mettait en route.

— Vraiment ?

La cuisse du duc ne touchait pas la sienne, mais si elle bougeait légèrement, ce serait le cas. Juno secoua la tête.

— Qui sait ? Nous serons bientôt arrivés à la maison.

— C'est bien dommage.

Juno tourna la tête vers le duc.

— Pourquoi ?

— Parce qu'au moins une douzaine de choses me sont venues à l'esprit, et d'autres me viennent encore à présent, que j'aimerais vous faire dans un cadre privé comme celui-ci, répondit-il, se tournant vers elle. La question est de savoir si vous m'y autoriserez.

Le monde disparut tout à coup autour d'eux, et il n'y eut plus que Juno, le duc et les battements assourdissants du cœur de la jeune femme. Oh, bon sang ! Elle ne pouvait pas continuer à penser à lui comme « le duc ».

— Comment les gens vous appellent-ils ? lui demanda-t-elle d'une voix rauque, avant de déglutir. Les gens que vous aimez, je veux dire.

Il sourit et elle faillit se jeter sur lui.

— Dare. C'est l'abréviation du titre de courtoisie que je portais avant d'hériter. J'étais le marquis de Daresbury.

— Dare.

C'était peut-être le meilleur et le pire nom qu'elle ait jamais entendu*. Elle ne voulait pas être tentée par lui, et pourtant c'était le cas. Totalement, diaboliquement tentée.

Il plissa les yeux, et une vague de désir enfla au creux du ventre de Juno.

— Personne n'a jamais prononcé mon nom de cette manière.

Il était si proche qu'elle était enveloppée par son parfum riche et masculin. Sa respiration rauque emplissait la calèche ; elle-même respirait par à-coups.

— Le trajet jusqu'à la maison est très court, affirma-t-elle en enroulant les mains autour du cou de Dare. Nous ferions mieux de nous dépêcher.

∼

---

* Note de la traductrice : en anglais, *to dare* = tenter, oser, défier.

*D*are entoura sa taille de ses bras et la tira contre lui. Il fit glisser sa bouche sur celle de la jeune femme et se perdit dans le ravissement enivrant de son étreinte.

C'était spontané et imprudent, en totale contradiction avec ce qu'il était. Il s'en moquait. C'était plus fort que lui. Tout ce qu'il attendait, tout ce qu'il savait, disparaissait quand il était en compagnie de Juno. Elle était une lumière, une tentation, une envie absolue.

Il l'embrassa avec passion, déversant toute la tension accumulée et les émotions refoulées dans cet instant. Elle s'accrocha fermement à lui, sa langue glissant contre celle de Dare avec une ferveur identique. Qu'elle désire cela autant que lui était absolument exaltant. Le bonheur parfait. Jamais il n'avait ressenti cela auparavant.

Leur position sur la banquette était incommode, surtout lorsqu'ils heurtèrent une bosse sur la route et qu'elle manqua de tomber. Dare la serra encore plus fort. Elle glissa une jambe par-dessus ses genoux et s'y installa à califourchon, s'élevant au-dessus de lui.

— C'est mieux ? murmura-t-elle entre deux baisers.

Dare grogna dans sa bouche et l'embrassa à nouveau, une main tenant sa nuque et l'autre sa hanche. Oui, c'était mieux, mais pas suffisant. Il la voulait contre lui. Complètement.

Non, il voulait être en elle. Mais ils n'avaient pas le temps pour cela. Ils arriveraient à la maison avant que l'un d'eux n'ait fini. *Ou pas*. Le désir qu'il éprouvait atteignait des sommets inconnus jusqu'à présent.

Dare tira doucement sur le cou de Juno et déposa des baisers sur sa mâchoire ; ses lèvres et sa langue descendirent jusqu'au creux de sa gorge. Il aurait tant aimé qu'elle porte quelque chose qui n'était pas boutonné si haut !

Elle commença à ajuster ses jupes, qui étaient rassemblées

entre eux, tirant sur les mètres de tissu jusqu'à ce que plus rien ne les sépare… rien que les vêtements de Dare. Puis elle se laissa descendre contre lui, et de son sexe irradia une chaleur délicieuse contre son membre raidi.

Se cambrant, Dare se colla contre elle, simulant l'acte sexuel. Il éprouvait le besoin désespéré de s'enfouir en elle. Elle s'éleva, puis redescendit. Il bougea avec elle et ramena la bouche de Juno contre la sienne, la tenant fermement tout en essayant de garder un semblant de contrôle.

Elle gémit dans sa bouche, et il déplaça sa main de sa hanche, trouvant l'extrémité de ses jupes et le début de sa chair. Frôlant sa cuisse avec ses doigts, il chercha sa douce intimité. Lorsqu'elle se souleva une fois encore, Dare la toucha à cet endroit, taquinant son clitoris, lui arrachant un faible gémissement guttural.

— Laisse-moi faire, lui murmura-t-il en faisant courir ses doigts sur sa chair.

— Oui, souffla-t-elle, avant de répéter plus fort. *Oui.*

Il la caressa jusqu'à la rendre délirante, son corps se mouvant contre sa main.

— Jouis pour moi, Juno.

— J'ai besoin de toi en moi ! Je t'en prie…

Heureux de la satisfaire, il plongea deux doigts en elle et entama un mouvement de va-et-vient. Juno bascula la tête en arrière et gémit. Dare sentit ses muscles intimes se contracter autour de lui juste avant qu'elle ne crie.

— Chut, lui intima-t-il, s'emparant à nouveau de sa bouche tandis que son orgasme la submergeait.

Elle eut à peine le temps de s'apaiser, ses respirations saccadées résonnant dans la calèche, qu'ils s'arrêtaient devant la maison.

— Nous sommes arrivés, annonça Dare, retirant doucement sa main de sous ses jupes.

Elle le regarda, une lueur de satisfaction brillant dans ses yeux.

— Merci. Je suis désolée que tu n'aies pas pu…

— La prochaine fois.

Il soutint son regard et introduisit délibérément ses doigts dans sa bouche pour se délecter de son goût sur sa peau.

Elle plissa les yeux, en proie à une nouvelle vague de désir, tandis qu'elle se glissait sur la banquette à côté de lui et réarrangeait ses jupes. Juste à temps, car la portière s'ouvrit.

Dare descendit, puis l'aida à faire de même. Il lui offrit son bras et ils se mirent en route vers la maison.

— Il ne devrait pas y avoir de prochaine fois, dit-elle, veillant à parler à voix basse. Je viens d'accepter une offre d'emploi de lady Gilpin. Je crains de devoir me comporter au mieux pendant mon séjour ici.

— Je suis sûr que nous pouvons être discrets. Demande à quiconque a déjà eu une liaison lors d'une partie de campagne. Cela arrive tout le temps.

— C'est possible, mais je ne peux pas mettre mon moyen de subsistance en péril. J'espère que tu comprends.

Dare ne pouvait pas en rester là. Il s'arrêta avant qu'ils atteignent la porte, tenue ouverte par un valet de pied.

— Alors, allons ailleurs.

Elle était un pas devant lui et elle se tourna. Une lueur d'amusement brillait dans son regard.

— Où ?

— N'importe où. Du moment que tu es là.

Lady Gilpin sortit de la maison.

— Oh ! Ma calèche est déjà partie ! Je crains d'avoir laissé mon chapeau à l'intérieur. J'ai dû l'enlever, car l'une de mes épingles s'était détachée. Bon, je vais demander à un valet de pied de le récupérer, dit-elle avant de sourire à Juno. Vous entrez ?

— Oui.

Juno fixa Dare d'un regard plutôt énigmatique en lâchant son bras. Puis elle disparut dans la maison avec sa nouvelle employeuse.

Il fronça les sourcils. Il refusait que ce soit terminé entre eux. Juno avait ouvert quelque chose en lui, et il était hors de question qu'il le laisse se refermer.

CHAPITRE 10

Lorsque le dernier plat fut desservi de table, Juno se rendit compte qu'elle avait mal aux joues à force de sourire. C'était un fait remarquable, car elle était une personne généralement agréable, qui avait le plus souvent le sourire aux lèvres. Cependant, c'était différent. Ce soir-là, elle avait été particulièrement attentive à l'homme qui se trouvait à côté d'elle. Cet homme qu'elle avait surnommé le duc inflexible, ce qui lui paraissait insensé à présent.

Non pas qu'il ait passé toute la soirée à sourire. Il était encore beaucoup trop réservé, surtout en compagnie d'autres personnes. Elle avait remarqué qu'il était nettement différent, plus à l'aise, quand ils n'étaient que tous les deux.

Cette pensée la ramena à leur court trajet en calèche pour rentrer à la maison cet après-midi-là. Il n'était pas étonnant qu'elle ait passé la soirée dans un état d'exaltation.

Il était à présent temps de se retirer dans le salon avec les autres dames ; Juno n'avait pas envie de partir.

— Merci pour ce délicieux dîner, murmura-t-elle à Dare.

Ses yeux rencontrèrent ceux de Juno avec une chaleur

brûlante, et elle dut serrer ses cuisses pour résister à la vague d'excitation qui l'assaillait.

— Le plaisir était entièrement le mien.

— Pas entièrement. Ne m'obligez pas à me disputer avec vous, répliqua-t-elle, puis elle lui adressa un clin d'œil avant de quitter la salle à manger.

En entrant dans le salon, elle chercha Cecilia du regard. Sa nouvelle amie lui devait une explication.

Malheureusement, Juno dut attendre patiemment pour éloigner leur hôtesse de lady Bentham et de Mme Hadley, deux dames qui aimaient parler sans cesse. Finalement, elle se retrouva seule avec Cecilia. Puis un valet de pied leur proposa du madère.

— Merci, Vincent, dit son amie en prenant l'un des verres de vin.

Juno en saisit un également et avala une gorgée en attendant que le domestique s'éloigne. Elle fixa sur Cecilia un regard impatient.

— Jouerais-tu les entremetteuses entre le duc et moi ?

La surprise se lut sur ses traits.

— Bien sûr que non. Pourquoi ferais-je cela ?

— Je ne vois aucune raison, d'autant plus que tu m'as également recommandée auprès de lady Gilpin. Cependant, je ne peux pas ignorer que je me suis retrouvée seule plusieurs fois avec le duc aujourd'hui.

— À cause du retour en calèche ? l'interrogea Cecilia avec un geste de la main. Je m'excuse de t'avoir abandonnée pour faire le trajet avec mon mari.

— Tu n'as pas non plus fait la promenade avec moi, même si tu t'es retournée pour voir si je vous suivais, poursuivit Juno, avant de plisser les yeux. Mais tu ne vérifiais pas si je suivais le groupe, n'est-ce pas ? Tu voulais savoir si j'étais toujours avec Dare.

Cecilia battit des cils.

— Dare ?

Un son grave vibra dans la gorge de Juno.

— Bonté divine ! À l'instant, tu as fait exactement le même bruit que lui.

— Absolument pas !

Peut-être un peu.

— Pourquoi l'appelles-tu Dare ? s'enquit-elle avec une timidité feinte.

Juno leva les yeux au ciel.

— Parce que je me suis lassée de l'appeler le duc inflexible.

Les yeux de Cecilia s'arrondirent.

— L'as-tu appelé ainsi en face ?

Ignorant la question, Juno but une nouvelle gorgée de son vin.

— Tu m'as également fait asseoir à côté de lui au dîner, alors qu'il n'y avait aucune raison de le faire. Nieras-tu encore que tu joues les entremetteuses ?

Haussant une épaule, Cecilia but à son tour.

— Nieras-tu que vous êtes attirés l'un par l'autre ?

Était-ce à ce point évident ? Juno réprima une vague d'appréhension.

— Cela ne veut rien dire.

— Vraiment ?

Une lueur de triomphe illumina les yeux de Cecilia.

— Tu n'imagines quand même pas qu'il voudrait m'épouser. Je ne veux même pas me marier.

Cecilia baissa les yeux sur son verre de vin.

— Je suis désolée. J'aurais dû commencer par te parler. C'est seulement que… eh bien… vous semblez partager cette connexion qui n'existait pas entre le duc et lady Marina. Traite-moi de romantique, mais je crois en l'amour.

Le regard de Cecilia se tourna vers la salle à manger, et Juno se dit qu'elle devait penser à son mari.

— J'y croyais aussi, répondit Juno d'une voix tranquille. Je pense que j'ai cessé d'y croire, du moins pour moi, quand mon mari… quand mon mari s'est avéré ne pas être tout à fait ce que j'avais espéré.

Son penchant pour la boisson et son manque général d'intérêt pour elle et leur mariage avaient fini par devenir problématiques avant sa mort. Elle avait espéré qu'ils retrouveraient la félicité qu'ils avaient connue quand il la courtisait, mais il avait dégringolé cette colline.

— Tu te racontes des histoires. Si tu croyais à l'amour autrefois, tu y croiras de nouveau, affirma Cecilia avec un sourire. Il te suffit de rencontrer la bonne personne. Peut-être l'as-tu déjà fait.

— Le duc ? ricana Juno. Je ne suis pas amoureuse de lui.

Elle éprouvait quand même quelque chose. Elle n'aurait jamais imaginé qu'un homme comme lui puisse éveiller des pensées romantiques en elle. Pourtant, elle avait beaucoup trop pensé à lui depuis qu'elle l'avait embrassé. Des pensées qui n'avaient fait que se multiplier et s'intensifier depuis leur trajet ensemble dans la calèche un peu plus tôt.

— J'espère seulement que tu n'es pas fermée à l'idée, dit Cecilia avec chaleur. Il serait dommage de passer à côté de quelque chose de spécial, même si ce n'est pas pour toujours.

Évidemment que ce ne serait pas pour toujours. Dare avait besoin d'une duchesse, et ce ne serait jamais elle. Aussi tentée qu'elle l'était par lui, elle devait garder un œil sur l'avenir. Et son avenir incluait la fille de lady Gilpin.

À cette fin, Juno devait aller lui parler. Mais les gentlemen commencèrent à arriver dans le salon, et elle retint son souffle en attendant l'apparition de Dare.

Il remplissait l'embrasure de la porte, attirant toute son attention, depuis son épaisse chevelure sombre dans laquelle elle n'avait pas encore pu passer ses doigts, jusqu'à son corps délicieusement musclé, visible lorsqu'il marchait, mais encore plus lorsqu'il la tenait dans ses bras. Une nouvelle vague de chaleur l'envahit, et elle se demanda comment elle allait pouvoir rester loin de lui pendant toute la durée de son séjour.

Non, elle se demanda *pourquoi* elle le ferait.

$\approx$

*L*e regard de Dare trouva Juno assise sur une chaise, son attention entièrement tournée vers lui. Son corps réagit instantanément, son pouls s'emballa, et son sexe tressaillit. Il avait éprouvé une furieuse envie de se masturber après leur étreinte dans la calèche, mais il n'avait pas eu le temps de le faire avant le dîner. De plus, il prenait un certain plaisir à se sentir entièrement sous tension. Le dîner avait été un délicieux supplice. Il ne pouvait qu'espérer connaître une douce extase plus tard... pas avec sa main, mais dans les bras de Juno.

Avant qu'il ne puisse la rejoindre, il fut arrêté à l'entrée par les ladies qu'il avait rencontrées à la bibliothèque l'autre soir. Depuis, il avait établi que Mme H. était Mme Hadley, mais il ne se souvenait toujours pas du nom de l'autre femme ?

— Bonsoir, duc, le salua Mme Pas-H.

Puisqu'elle s'adressait à lui de cette manière, il pouvait au moins confirmer son appartenance à la pairie. Malheureusement, cela ne l'aidait pas à se rappeler son nom. Il aurait vraiment dû se montrer plus attentif pendant le dîner. Non pas qu'il aurait pu détourner son attention de Juno.

— Vous semblez de bonne humeur malgré le départ de lady Marina ce matin. Que s'est-il passé ?

Les deux femmes le regardaient avec une impatience non dissimulée. En temps normal, leur curiosité l'aurait agacé. Cependant, il semblait qu'il était pour le moment immunisé contre l'irritation.

Cela ne voulait pas dire qu'il allait laisser passer leur côté intrusif.

— Vous semblez très enthousiastes à l'idée de connaître tous les détails. Je préfère ne pas alimenter vos commérages.

— Pfff ! répondit Mme Hadley, qui était la plus audacieuse des deux, agitant les doigts d'un air dédaigneux. Vous pouvez aussi nous dire la vérité, faute de quoi les gens inventeront une histoire qui leur plaira, et c'est ce qui deviendra la vérité.

Il grogna en réponse, mais, en fin de compte, il s'en moquait.

— Je n'éprouvais pas de sentiments romantiques pour lady Marina, et elle n'en avait pas pour moi non plus.

Mme Hadley leva les yeux vers lui.

— C'est tout ? Vous avez simplement décidé de ne pas vous marier ?

Cela n'avait pas été aussi explicite, bien sûr. Peut-être aurait-il dû s'en assurer. Non, il en était certain. Elle n'avait pas voulu de lui, pas plus qu'il n'avait voulu d'elle.

— Vous voyez, ce n'est pas très intéressant.

Mme Pas-Hadley pinça les lèvres.

— Ça l'est, cependant, parce que vous avez tous les deux pu faire ce choix. J'ai épousé Bentham parce que mon père l'avait décrété.

Lady Bentham !

Mme Hadley acquiesça.

— J'ai fait la même chose. Mon beau-père et mon père ont conclu l'accord un an avant que je rencontre mon mari. Ce doit être tellement agréable de pouvoir faire ses propres choix.

Dare éprouva un peu de pitié pour elles. Ainsi qu'un sentiment de gêne. Il ne savait pas quoi dire. Alors il essaya quand même.

— Je suis désolé que vous soyez malheureuses.

— Nous n'avons jamais dit que nous n'étions pas

heureuses ! répondit lady Bentham avec un petit rire. Je suis plutôt bien tombée avec Bentham. Mieux que certaines.

Elle haussa un sourcil en direction de Mme Hadley, qui hocha à nouveau la tête en direction de son amie.

— Oh oui ! dit Mme Hadley avec sérieux. Nous avons toutes les deux eu de la chance.

— Enfin, toi peut-être plus que moi, mais je suis vicomtesse, c'est déjà ça.

Les dames éclatèrent de rire, et la gêne de Dare s'accrut. Il voulait rejoindre Juno. Lady Bentham se calma et fixa Dare d'un regard sérieux.

— Vous avez bien fait d'attendre de rencontrer quelqu'un pour qui vous éprouverez des sentiments romantiques. Je tiens à Bentham, mais ce n'est pas une histoire d'amour passionnée, contrairement à celle de ma chère amie, affirmat-elle avec un regard légèrement envieux vers Mme Hadley. Cependant, je suis reconnaissante d'avoir mes enfants. Bentham aura toujours une place dans mon cœur, ne serait-ce que pour eux.

À la grande surprise de Dare, Mme Hadley protesta.

— Je ne suis pas d'accord. Je ne pense pas que le duc doive attendre une histoire d'amour. Je n'avais pas cela quand j'ai épousé Hadley. Je l'ai apprécié lors de notre rencontre. Je l'ai trouvé digne et charmant. C'était une bonne base pour le mariage, affirma-t-elle, puis elle regarda Dare. Je vous encourage à trouver une lady que vous appréciez et respectez. La passion peut très bien venir plus tard, comme cela a été le cas pour moi.

— Vous pensez que j'aurais dû épouser lady Marina ? suggéra-t-il.

Mme Hadley haussa une épaule.

— Pas nécessairement. Mais l'amour serait peut-être venu. Bien sûr, maintenant, vous ne le saurez jamais.

Voilà qui était plutôt douloureux. Non pas parce qu'il

pensait être passé à côté du grand amour avec lady Marina, mais parce que cela pourrait très bien arriver avec quelqu'un d'autre. Il jeta un regard à Juno. Ou plutôt à l'endroit où elle s'était trouvée et où elle n'était plus. Il la retrouva assise aux côtés de lady Gilpin sur un canapé au centre de la grande pièce. Elles discutaient sans doute de son prochain emploi.

Dare ne voulait pas avoir de regrets. Il se retourna vers lady Bentham et Mᵐᵉ Hadley.

— Alors, épouseriez-vous à nouveau vos maris ?

— Absolument ! répondirent-elles presque à l'unisson.

— Excusez-moi, dit-il, car il en avait terminé avec cette conversation.

Il voulait aller voir Juno, mais elle semblait plutôt occupée avec lady Gilpin. De plus, il ne voulait pas éveiller les soupçons des deux fouineuses. Il aurait dû se sentir mal de penser à elles de cette manière, mais elles seraient sans doute d'accord. Elles ne cachaient pas qu'elles cherchaient à obtenir des informations partout où elles pouvaient en trouver.

Après avoir demandé un verre de madère à un valet de pied, Dare alla broyer du noir dans le coin de la pièce. En temps normal, il se serait retiré, mais il était bien trop anxieux pour cela. Anxieux ? Plutôt tendu par le désir et l'espoir.

L'espoir ?

Parce que l'avenir, et même le reste de la soirée, était totalement incertain. Et, pour la première fois, il voulait quelque chose pour son futur. Pour ce soir, et peut-être même pour toutes les nuits suivantes.

Envisageait-il quelque chose de... permanent avec Juno ? Ces dames avaient affirmé qu'il devait trouver une femme qu'il appréciait et respectait, et c'était assurément le cas avec elle. Que dirait sa mère s'il rentrait à la maison avec l'intention d'épouser une dame de compagnie rémunérée, qui plus est la petite-fille d'un baron ? Ce dernier détail compterait pour elle.

Se renfrognant, il porta son verre de vin à ses lèvres et il en vida la moitié d'un trait. Depuis quand se préoccupait-il de ce que disaient les gens ? Oui, cela incluait sa propre mère. Non pas que son opinion n'ait pas d'importance. Mais, dans ce cas précis, sans doute plus que dans tout autre, la seule qui comptait était la sienne. Et celle de Juno.

Il l'observa patiemment, malgré le tumulte des émotions et des sensations qui l'agitaient, pendant qu'elle s'entretenait avec lady Gilpin.

— Avez-vous apprécié la promenade au village aujourd'-hui, duc ?

Dare s'obligea à revenir au présent, et il jeta un coup d'œil à la nouvelle arrivante, lady Cosford, avec un de ses sourires trop doux.

— Oui, répondit-il, et il ne prit pas la peine de réprimer son grognement.

Elle fronça brièvement les sourcils.

— Je vous prie de m'excuser pour ma franchise, mais s'est-il passé quelque chose ? Vous étiez si agréable au dîner. J'ai pensé que vous vous étiez finalement adapté et que vous aviez décidé que les parties de campagne n'étaient pas si détestables après tout.

Elle n'avait pas tort, mais c'était entièrement dû à Juno. Le fait qu'il ne puisse pas être avec elle à cet instant, qu'il doive lui permettre de parler avec sa nouvelle employeuse, le rendait fou. C'était une nouvelle expérience. En général, il faisait ce qui lui plaisait. Il n'avait jamais eu à se préoccuper de quelqu'un d'autre, ou à se demander si son comportement pouvait l'affecter.

Il n'était qu'un imbécile plutôt égoïste.

— Je ne peux m'empêcher de remarquer l'attention que vous portez à Mme Langton, dit lady Cosford à voix basse, en se penchant vers lui. Je suis désolée que vous ne vous soyez pas entendu avec lady Marina, mais tout n'est peut-être pas perdu.

Lentement, il inclina la tête vers celle de son hôtesse.

— Qu'êtes-vous en train de me dire ?

Savait-elle quelque chose qu'il ignorait ?

— Il me semble que Mme Langton et vous appréciez la compagnie de l'autre. Je ne voudrais pas que cette partie de campagne se termine sans que vous ayez tous deux déterminé à quel point.

L'imprécision de cette femme allait le rendre fou.

— Si vous avez quelque chose de particulier à dire, j'aimerais que vous le fassiez, lady Cosford. Je ne suis pas un homme qui apprécie les sous-entendus ou la subtilité.

Elle réprima un rire.

— Parfait. Juno vous aime bien. Elle est attirée par vous. Elle craint également de compromettre son futur emploi auprès de lady Gilpin. Vous devez donc être discrets.

— Juno a-t-elle indiqué qu'elle souhaitait…

Il ne savait pas comment terminer sa phrase. Avait-elle confié à lady Cosford ce qui s'était passé dans la calèche ? Il ne la voyait pas faire une telle chose, même si elles étaient devenues amies, ce qui semblait être le cas.

— Elle n'a rien indiqué de précis. J'essaie simplement d'être une bonne amie. Vous savez où se trouve sa chambre ?

— Oui, répondit-il, puis il déglutit, le corps déjà en proie à l'excitation la plus totale.

— Sachez alors qu'elle est extrêmement proche de celle de lady Gilpin. Vous devrez trouver un autre moyen d'entrer.

— Êtes-vous certaine qu'elle veut que je vienne ?

— Non. Mais si ce n'est pas le cas, elle ne se privera pas de vous demander de partir. Et vous le ferez, poursuivit-elle, plissant les yeux. Vous le ferez, n'est-ce pas ?

— Évidemment. Je ne suis pas une canaille, affirma-t-il,

soudain très enthousiaste. Allez-vous me dire comment accéder à sa chambre ?

— Oui. Mais si vous la traitez mal, croyez-moi, vous ne pourrez vous cacher nulle part, lui assura-t-elle avec un regard foudroyant.

— Je peux me montrer désagréable, mais je suis un homme honorable et digne de confiance. Vous avez ma parole qu'aucun mal ne sera fait à Mme Langton. En fait, je me placerai toujours entre elle et le danger. Au péril de ma vie.

La férocité de son serment le surprit. Il pensait chaque mot.

Une lueur admirative jaillit dans le regard de lady Cosford.

— Parfait. Il me semblait bien que vous étiez ce genre de gentleman. Maintenant, écoutez-moi attentivement.

Elle lui expliqua avec force détails comment accéder à l'escalier des domestiques pour entrer dans la garde-robe attenante à la chambre de Juno. L'idée de la voir l'emplissait d'impatience et d'excitation.

Mais… et si elle ne voulait pas qu'il vienne ?

Alors, il partirait. Totalement découragé. Mais il devait essayer. Toute autre attitude entraînerait des regrets, et il avait déjà décidé qu'il refusait d'en avoir. Pas avec Juno. Pas avec la seule femme qui lui ait jamais donné le sentiment d'être entier.

Il brûlait d'impatience.

CHAPITRE 11

*L*e temps que Juno finisse de parler avec lady Gilpin, Dare avait quitté le salon. La déception avait assombri son humeur et ne l'avait pas quittée, même maintenant, deux heures plus tard.

Après sa discussion avec sa future employeuse, elle avait décidé de partir pour Bath le lendemain. La partie de campagne durait encore trois jours, mais Juno voulait rentrer chez elle et se préparer pour son nouvel emploi.

En temps normal, elle se serait réjouie à l'idée de travailler avec une nouvelle jeune femme. Mais, cette fois, elle ressentait un léger malaise, comme si elle oubliait quelque chose. Non, elle n'oubliait pas. Elle ignorait.

Elle faisait apparemment tout son possible pour prétendre que Dare n'existait pas. Ou que l'attirance torride entre eux s'était étiolée. Mais ce n'était pas le cas. Pas pour elle, en tout cas. Elle ignorait s'il éprouvait la même chose, d'autant plus qu'il avait quitté le salon sans un mot.

Se levant de sa coiffeuse, elle passa sa longue tresse sur son épaule et se dirigea vers le lit qu'une femme de chambre avait ouvert d'une manière accueillante. Juno contempla l'espace vide, et elle regretta de devoir s'y glisser seule.

Six années s'étaient écoulées depuis la mort de Bernard, mais pas une seule fois elle ne se serait décrite comme esseulée. Pourtant, ce soir-là, elle ressentait cette émotion de manière très vive.

Oh, bon sang !

Elle regrettait d'avoir rejeté si vite les efforts de Cecilia pour jouer les entremetteuses. Elle voulait Dare. Pour ce soir, en tout cas.

Faisant la moue, elle se dirigea vers sa garde-robe. Elle s'arrêta net et haleta quand une grande silhouette apparut devant elle.

— Dare !

— Pardonne-moi d'avoir fait irruption. Je crains que cela n'ait été le meilleur moyen de te voir.

Elle posa le regard sur le peignoir du duc, en soie noire assortie à son pantalon de la même couleur.

— Tu ressembles à un homme qui se rend à un rendez-vous secret.

Il baissa les yeux sur sa tenue et lui adressa un sourire fugace.

— Sans doute que oui. Mais c'est ce que je fais, affirma-t-il en croisant le regard de Juno. Je l'espère.

Juno hésita. Il se comportait de manière plutôt présomptueuse. Mais, était-ce vraiment le cas, compte tenu de son propre comportement dans la calèche ? Elle lui avait assurément donné l'impression qu'elle le désirait. Et d'ailleurs, n'était-ce pas le cas ?

Elle plissa les yeux.

— Comment as-tu trouvé ton chemin jusqu'ici ?

— La chance ?

De toute évidence, il mentait, et il se rendit compte qu'elle le savait. Expirant, il dit :

— Lady Cosford m'a expliqué comment faire.

Juno jura, et Dare afficha un immense sourire.

— Pourquoi souris-tu ?

— J'aime quand tu jures.

Elle réprima un rire.

— C'est horriblement grossier. Je ne devrais pas le faire. C'était une mauvaise habitude de Bernard. J'ai bien peur de l'avoir adoptée et d'être incapable de m'en défaire. Sauf si je suis en bonne compagnie, bien sûr, affirma-t-elle, puis elle tressaillit. Je ne voulais pas insinuer que tu n'étais pas de bonne compagnie.

Il n'avait pas l'air insulté le moins du monde.

— Tu n'as pas besoin d'être gênée. Je suis plutôt flatté. J'espère que tu jureras souvent devant moi.

Il sourit à nouveau et le cœur de Juno s'emballa.

— Tu es si beau quand tu souris. Irrésistible, en réalité. C'est une bonne chose que tu le fasses rarement, sans quoi toutes les femmes d'Angleterre se jetteraient à tes pieds.

Dare s'avança vers elle, jusqu'à ce qu'ils ne soient plus qu'à un souffle l'un de l'autre.

— Je ne veux pas de toutes les femmes d'Angleterre. Rien que toi.

Sa voix, toujours nuancée d'un grognement, s'était abaissée à un râle féroce. Si elle ne l'avait pas déjà désiré, cela aurait été le cas à présent. Elle fit glisser ses mains sur son torse et les enroula autour de son cou.

— Voilà qui est très pratique, alors, parce que je te veux, moi aussi.

Il la serra dans ses bras et la souleva contre lui tandis que leurs bouches se rencontraient. Si elle n'avait pas porté une robe de chambre et une chemise de nuit, elle aurait enroulé ses jambes autour de ses hanches.

Certes, elle n'aurait pas eu beaucoup de temps pour le faire, car il la porta jusqu'au lit et la poussa sur le matelas tandis qu'il se penchait sur elle. Il recula et la fixa du regard.

— Attends.

Il passa une main sur le front de Juno, sur le côté de son visage, sur ses lèvres, le long de son menton et de sa gorge. Il descendit encore plus bas, sans jamais lâcher ses yeux, tandis qu'il glissait ses doigts entre les seins de la jeune femme. Il détacha les fermoirs qui tenaient la robe de chambre et il l'ouvrit.

— Tu es encore plus belle que je l'imaginais, la complimenta-t-il, posant la main sur son sein à travers la fine batiste de sa chemise de nuit.

— Tu peux l'enlever, lui murmura-t-elle, en proie au désir et à une douce impatience.

— Je le ferai. *Bientôt.*

Il pinça son mamelon, déclenchant une cascade de plaisir jusqu'au creux de son ventre. Elle se cambra sous ses mains, haletante.

— Encore. S'il te plaît…

Il fit ce qu'elle lui demandait, tirant sur sa chair d'une manière douce, mais ferme. Une vague de chaleur envahit Juno. Ce n'était pas assez, et pourtant c'était parfait.

Elle se souleva du lit et s'efforça de dégager ses bras de la robe de chambre. Il l'aida à s'en débarrasser, ne lui laissant que sa chemise de nuit, qui semblait être une barrière offensante à cet instant.

— Patience, ma chérie, lui intima-t-il en la repoussant.

— Je veux l'enlever. Touche-moi, s'il te plaît.

Il le fit, mais à travers le tissu de la chemise de nuit. C'était à la fois excitant et frustrant. Elle s'agita sous lui tandis que sa bouche descendait sur sa poitrine, ses lèvres et sa langue tourmentant d'abord un mamelon, puis l'autre. Il alternait entre des tiraillements brusques et des caresses douces. Submergée de désir, elle avait le souffle court, se demandant si elle avait jamais été aussi excitée.

— T'ai-je assez torturée ? lui demanda-t-il d'une voix rauque, déplaçant sa main vers sa cuisse.

Dare remonta le vêtement de Juno jusqu'à sa taille.

— Plus, s'il te plaît.

Elle écarta les jambes, l'invitant à la toucher comme il l'avait fait dans la calèche. Mais il n'en fit rien. À la place, il remonta sa chemise de nuit sur son ventre et ses seins, avec une lenteur qui rendait chaque sensation plus intense.

Il saisit le tissu dans son poing, le tirant sur ses bras et sur le haut de ses seins, tout en baissant la tête pour prendre son mamelon dans sa bouche. L'aspirant avec force, il déplaça son autre main entre les jambes de Juno, ses doigts effleurant son sexe par de légères caresses aguicheuses.

Elle voulait que Dare la revendique entièrement. Elle voulait davantage de ce qu'elle avait savouré cet après-midi-là. Comment avait-elle pu penser qu'elle pourrait s'en aller sans une nuit comme celle-ci ?

Elle glissa les doigts dans ses épais cheveux noirs, comme elle brûlait d'envie de le faire.

— Dare, j'ai besoin...

Il caressa son clitoris en même temps qu'il tirait sur son mamelon, et elle se tordit de plaisir.

— De quoi as-tu besoin ?

— De tout, répondit-elle, tirant sur le peignoir de Dare. Pour commencer, pourrais-tu te mettre nu, s'il te plaît ?

— Tu es tellement polie ! Même maintenant, murmura-t-il contre elle. T'arrive-t-il de perdre le contrôle ?

— Que veux-tu dire ?

— Je veux dire... T'arrive-t-il d'oublier de dire « s'il te plaît » ? T'arrive-t-il d'exiger plutôt que de demander ? De prendre au lieu d'inviter ?

Le sang de Juno s'échauffa.

— Non. Pas vraiment.

Il se redressa, la laissant froide et désemparée. Elle gémit doucement tandis qu'il retirait son peignoir. En dessous, il portait une chemise, ce qu'elle trouva horriblement décevant. Heureusement, il s'en défit avec une grande rapidité, exposant son torse incroyablement musclé, couvert de poils sombres.

Se tenant debout entre ses jambes, au bord du lit, il passa la paume de sa main sur le bas-ventre de Juno, juste au-dessus de son sexe. Le corps de la jeune femme tressaillit de désir ; ses seins brûlaient qu'il les touche à nouveau.

Il plissa ses yeux sombres vers elle.

— Remonte tes bras au-dessus de ta tête, et croise tes mains.

Elle fit ce qu'il lui ordonnait, le souffle de plus en plus court.

— J'aime ce que cela fait à tes seins, affirma-t-il, et son regard appréciateur plongea vers la poitrine de Juno.

— Touche-les. S'il te plaît…

Il secoua la tête.

— Plus de « s'il te plaît ». Si tu le dis encore, je ne le ferai pas.

Elle le regarda, haussant un sourcil.

— Tu veux que je sois désagréable comme toi ?

Il laissa échapper un petit rire guttural.

— Je veux que tu perdes le contrôle. Que tu laisses la charmante dame de compagnie ailleurs. À cet instant, dans ce lit, je veux Juno. Je veux la déesse qui ne supporte pas que je ne la touche pas.

Déesse ?

À sa grande surprise, elle se rendit compte qu'il lui donnait l'impression d'en être une.

— Touche-moi. *Maintenant.*

— Avec quoi dois-je te toucher ? Ma main ? demanda-t-il en agitant les doigts. Ma bouche ? Ou mon vit ?

— Les trois, s'il…, commença-t-elle avant de pincer les lèvres. Tes mains sur mes seins… j'aime quand tu pinces mes mamelons. Ta bouche sur mon sexe.

Ses lèvres se courbèrent pour former le sourire le plus séduisant qu'elle ait jamais vu sur son visage. Elle aurait pu jurer qu'elle était encore plus excitée rien qu'à cause de cela.

Il posa les deux mains sur elle et la caressa doucement pendant un moment.

— Heureux d'accéder à ta demande, murmura-t-il, lui pinçant les mamelons et tirant jusqu'à ce qu'elle crie d'extase. Comme ça, alors ?

— *Oui.*

Répétant les mêmes gestes, il pinça et tira tout en embrassant sa bouche, sa langue s'emparant d'elle tandis qu'elle se tordait sous lui. Elle s'accrocha à lui, ses doigts s'enfonçant dans ses cheveux et ses épaules. Elle enroula ses jambes autour de sa taille et se cambra contre son aine. Son vit en érection, encore couvert par son pantalon, appuya sur son sexe, provoquant chez elle une explosion de plaisir blanche et lumineuse.

— Pas encore, murmura-t-il, avant d'embrasser sa gorge et de descendre.

Il s'arrêta sur ses seins, alternant entre sa bouche et ses doigts sur chacun d'eux jusqu'à ce qu'elle soit au bord de la libération. Jamais elle n'était arrivée là de cette manière. La profondeur du désir qu'elle éprouvait pour lui était stupéfiante.

Ses lèvres descendirent le long de son abdomen, se déplaçant méticuleusement tandis qu'il maintenait son attention sur un sein. Dare glissa son autre main entre les jambes de Juno et taquina ses replis intimes.

— Tu es si mouillée et prête pour moi. Mais… je crois que

je dois te goûter d'abord. Je n'en ai vraiment pas eu assez tout à l'heure.

Il posa sa bouche sur son sexe, son pouce appuyant sur son clitoris tandis qu'il léchait sa chair. Juno s'agrippa à la tête de Dare, qui déplaça sa main de son sein à sa hanche. Il ramena la jambe de la jeune femme sur son épaule, puis il plongea sa langue en elle.

L'orgasme qui tardait à venir se précipita sur elle. Elle était à la fois impatiente d'être libérée, et elle ne voulait pas que cette attente prenne fin. Finalement, elle n'eut pas le choix. Dare caressa son clitoris, puis aspira sa chair dans sa bouche jusqu'à ce qu'elle crie, ses muscles se contractant sous l'effet de la jouissance. Elle se figea un instant, le corps en proie à une extase absolue, comme si elle flottait quelque part à l'extérieur d'elle-même. Des vagues successives s'abattirent sur elle, et il poursuivit sans relâche, ses doigts et sa bouche la caressant jusqu'à ce qu'elle soit complètement épuisée.

Ses jambes se mirent à trembler et, lorsqu'elle ouvrit les yeux, elle vit qu'il était en train de retirer son pantalon. Son sexe jaillit, grand et dur, au milieu d'un nid de poils sombres.

Elle se lécha les lèvres et il gémit.

— La prochaine fois, Juno. Là, je vais me glisser si profondément en toi que nous n'aurons plus aucune notion de l'endroit où l'un de nous finit et où l'autre commence.

Les paroles de Dare la séduisaient, mais c'était plus que cela. Elles portaient un poids, la promesse de quelque chose qui allait bien au-delà de cette union physique.

Non, elle ne penserait pas à cela. Ils avaient cette nuit, ce moment de bonheur, et cela suffirait.

— Prends-moi, Dare ! exigea-t-elle, comme il le lui avait demandé.

Se soulevant du matelas, elle se déplaça sur le lit, dans le sens de la longueur, et écarta les jambes en signe d'invitation.

Elle tendit la main vers son sexe, enroulant ses doigts autour de la hampe dure et veloutée.

Les hanches de Dare tressaillirent et il grimpa sur le lit, s'installant entre les cuisses de Juno. Glissant les mains derrière ses fesses, il fit basculer le bassin de la jeune femme. Elle plia les jambes et le guida jusqu'à son sexe. Il frôla son intimité, et une vague de passion la submergea à nouveau. Elle avait cru être épuisée, mais elle avait encore beaucoup à donner.

Juno agrippa le postérieur de Dare pour l'attirer contre elle, resserrant les jambes autour de lui. Il s'enfonça profondément en elle, comme il le lui avait promis.

Elle le voulait vite et fort, car son corps était avide d'un nouvel orgasme. Mais il bougea lentement, en un tendre va-et-vient, tandis qu'il l'embrassait.

— Plus vite, Dare.

— Chut. Dans un instant. C'est le plus grand moment de ma vie et je vais en profiter.

Le plaisir envahit Juno, et elle l'embrassa avec une douceur fervente. Elle voulait graver ce souvenir dans sa mémoire pour toujours.

— Tu es si belle, murmura-t-il, poursuivant ses va-et-vient. Tellement pleine de joie. Mon monde était tellement plus sombre avant que tu n'y entres.

L'émotion enfla en elle. Puis il accéléra ses mouvements, et elle se perdit dans le rythme de leurs corps qui glissaient l'un contre l'autre. Le ravissement monta en flèche, et elle bascula une fois de plus, étourdie, tandis qu'il s'enfonçait en elle jusqu'à ce que son propre orgasme le submerge.

Elle le sentit se crisper juste avant qu'il ne crie. Il commença par un grognement grave et merveilleux et termina par quelque chose de primitif qui la fit frissonner.

S'accrochant fermement à lui, elle l'embrassa, sur l'épaule, la joue, le front, la bouche. Comment pourrait-elle le laisser partir après cela ?

Elle ne le ferait pas. Pas encore.

— Cela te dérange-t-il si je reste un peu ? lui demanda Dare d'une voix douce, ses lèvres effleurant celles de Juno.

— Pas du tout. Mais tu devras partir avant que la femme de chambre ne vienne allumer le feu. Il fait encore nuit.

Il hocha la tête en se glissant à côté d'elle, s'allongeant sur le dos.

— Nous ne nous ferons pas prendre, lui dit-il, coulant un regard vers elle. Accepterais-tu de venir faire une promenade à cheval avec moi demain matin, pour que je te prouve que ce n'est pas surfait ?

Juno rit doucement, se tournant pour lui faire face. Posant sa main sur son torse, elle passa le bout de ses doigts dans les poils sombres entre ses mamelons.

— J'avais prévu de m'en aller demain, mais tu m'offres une raison irrésistible de rester. Je t'accompagnerai. Heureusement, j'ai une tenue d'équitation. Elle est très élégante.

Dare haussa un sourcil.

— Tu ne montes pas à cheval, mais tu as une tenue pour ça ?

— J'essaie d'être toujours préparée. Et je crains d'avoir un faible pour ce qui concerne les vêtements.

— Vraiment ? demanda-t-il avec ironie. J'avais remarqué que tu étais plutôt bien habillée pour une dame de compagnie.

— Je ne suis pas une dame de compagnie comme les autres, affirma-t-elle avec une timidité feinte.

Dare sourit, et elle sut qu'elle ne se lasserait jamais de le voir faire.

— Non, c'est vrai. Tu es exceptionnelle à tout point de vue.

Il se tourna et fit passer la tresse de Juno par-dessus son

épaule. Du bout des doigts, il entreprit de libérer ses cheveux. Quand il les eut complètement détachés, il les arrangea sur son épaule, de sorte que ses boucles caressent son visage.

— C'est mieux.

— Vraiment ?

— Oui. Mais ce serait encore mieux si tu montais sur moi et que tu les laissais retomber contre mon torse, affirma Dare en roulant à nouveau sur le dos. Si tu en avais envie...

Elle se mit à califourchon sur lui et sentit son vit durcir contre son sexe.

— Il se trouve que j'en ai envie. Et apparemment, toi aussi, murmura-t-elle.

— Exceptionnelle, souffla-t-il en attirant sa tête vers lui pour l'embrasser.

CHAPITRE 12

— *T*u te débrouilles très bien, la complimenta
Dare alors qu'ils ramenaient leurs chevaux
au pas après un grand galop exaltant, bien que bref.

Elle lui lança un regard sceptique accompagné d'un
sourire ironique sous le chapeau qui couronnait ses boucles
dorées.

— Tu mens, mais je ne vais pas te le reprocher.

— Absolument pas. Quand nous avons commencé, tu as
dit que tu n'irais pas plus vite qu'un petit galop.

— J'en attribuerai le mérite davantage à ta persévérance
qu'à mon aisance en selle, affirma-t-elle, remuant sur celle-ci.

Elle avait eu raison lorsqu'elle avait parlé de sa tenue : elle
était éblouissante, de la tête aux pieds. Il le lui dit.

— Tu es magnifique. Accordons-nous un moment de
répit. Il y a une folie un peu plus loin, un peu cachée.

— Vraiment ? Comme c'est charmant ! Oui, un peu de
repos serait le bienvenu.

Dare la conduisit au-delà d'un bosquet d'arbres jusqu'à
l'endroit où un faux temple miniature et vétuste se dressait
au sommet d'une colline plate et trapue. Autour d'elle, des

arbustes et des fleurs poussaient à l'état sauvage. En fait, l'endroit n'était pas vraiment sauvage, ce qui amena Dare à penser que cela contribuait à donner l'impression d'une « ruine ».

Il descendit de sa monture et s'adressa d'une voix douce au cheval, lui demandant de ne pas bouger pendant un moment. Puis il aida Juno à descendre à son tour. Elle posa ses mains sur ses épaules et retira son genou du pommeau. La tenant fermement, Dare la fit doucement glisser vers le sol.

— Tout va bien ? demanda-t-il.

— Cela faisait une éternité que je n'étais pas montée à cheval. Plus d'un an, au moins. Je pense que je serai endolorie demain.

— J'espère que cela en aura valu la peine.

— Pose-moi à nouveau la question quand nous serons de retour aux écuries, lui dit-elle, lui lançant un regard sensuel avant d'entreprendre de gravir la colline en direction de la folie. Comment as-tu trouvé cet endroit ?

Il la suivit, se délectant du balancement de son postérieur à mesure de son ascension.

— Lord Cosford m'en a parlé. Je me suis promené à cheval tous les matins. Le domaine est très beau.

— Tu aimes beaucoup les activités de plein air. Fais-tu du cheval tous les jours ?

— Oui. Et je marche aussi.

Elle lui lança un regard par-dessus son épaule.

— Et, y a-t-il une folie sur ton domaine ?

— Il y en a trois. J'en construis une quatrième. Pour moi, ce sont des pièces extérieures.

— Voilà qui semble plutôt charmant, déclara-t-elle, puis elle se tourna vers lui en arrivant au sommet de la colline. As-tu toujours aimé être dehors ?

— Oui. Mon père m'y encourageait. Il voulait que je

connaisse et que j'apprécie la terre d'une manière que certains membres de notre classe ignorent. La terre nous définit, nous donne un but et nous rend entiers. Nous ne pourrions pas survivre sans elle.

— Quel beau sentiment ! Je n'ai jamais pris le temps d'y penser de cette manière.

— À quoi tes parents t'encourageaient-ils ? s'enquit Dare, se demandant s'il cesserait un jour d'avoir à ce point envie d'en savoir plus sur elle.

Elle plissa légèrement le nez.

— À des choses de femme, je suppose. Et à lire, mais c'était surtout le fait de mon grand-père, répondit-elle, et les traits de Juno s'adoucirent. Il me manque terriblement, mais, au moins, il m'écrit.

— Vraiment ?

Dare fut excessivement heureux de cette information. Il avait détesté apprendre que toute sa famille agissait comme si elle n'existait pas. Comment pouvaient-ils ignorer une personne aussi animée et merveilleuse qu'elle et qu'ils avaient la chance de compter comme leur parente ?

— J'en suis ravi pour toi, lui dit-il.

— Es-tu déjà entré dans la folie ?

Elle se retourna et se dirigea vers la petite structure en pierre. Quatre piliers se dressaient le long de la façade, et une série de marches menait à l'intérieur. Le toit était partiellement ouvert, comme si la moitié s'était effondrée. À l'intérieur se trouvait un banc, et le mur du fond était solide.

— Oui. Ce banc constitue un merveilleux endroit pour réfléchir.

Juno entra et se glissa derrière le siège en pierre.

— À quoi as-tu réfléchi ?

— J'ai cherché à savoir si lady Marina et moi étions compatibles. Je me suis demandé pourquoi diable j'avais accepté d'assister à cette partie de campagne. Et à quel point je désirais une certaine dame de compagnie.

Se tournant face à lui, elle le fixa d'un regard provocateur.

— Et… à quel point la désirais-tu ?

Il s'approcha d'elle à grands pas, submergé de désir.

— Moins que maintenant, mais tout de même à un point assez vertigineux.

— Quel dommage que cette folie ne soit pas équipée d'un lit, remarqua Juno, qui bascula la tête en arrière quand Dare s'arrêta devant elle. Qu'en est-il des tiennes ?

Respirant le parfum de la jeune femme, il caressa sa mâchoire du bout du doigt.

— Pas encore. Mais je peux faire en sorte qu'elles le soient. Enfin, si tu le souhaites.

— Sans le moindre doute.

Elle glissa les mains sur le manteau de Dare quand il abaissa la tête pour l'embrasser.

Un feu et un plaisir intenses le parcoururent à l'instant où leurs lèvres se touchèrent. Gémissant, il serra Juno contre lui et s'empara de sa bouche. Elle s'accrocha à lui, lui rendant son baiser avec un abandon passionné.

Il la guida en arrière contre le mur et l'y plaqua. Elle haleta et il se recula.

— Qu'est-ce qui ne va pas ?

— La pierre est un peu froide. Mais je m'en fiche.

Elle glissa les doigts dans les cheveux de Dare, et il l'embrassa encore.

Poussé par le désir, il posa une main sur son sein, frustré par les couches de vêtements qui les séparaient. Se servant de ses dents, il retira son gant, le jeta de côté, puis il agrippa les jupes de la jeune femme pour les remonter.

Elle les lui prit, libérant la main de Dare pour qu'il puisse la caresser.

— Oui, s'il te plaît ! s'exclama-t-elle d'une voix

rauque. Non... je veux dire... touche-moi, Dare. Fais-moi jouir.

Les paroles de Juno le firent tressaillir de désir.

— Comment dois-je faire ? l'interrogea-t-il, glissant ses doigts entre ses replis intimes tout en embrassant son cou. Avec ma main, comme ça ?

Il caressa son clitoris lentement. Puis il plongea deux doigts dans son fourreau humide.

— Ou bien peut-être avec ma bouche.

— Ton sexe, gronda-t-elle en agrippant sa tête, délogeant son chapeau qui tomba sur le sol. Je veux ton sexe. Entièrement. *Maintenant.*

Il ne cesserait jamais de s'étonner d'avoir trouvé une femme comme elle dans une fichue partie de campagne.

— Je ne détesterai plus jamais les parties de campagne, marmonna-t-il en déboutonnant son pantalon.

Elle rit doucement.

— Je suis ravie que tu aies changé d'avis à leur sujet.

Juno joignit sa main à celle de Dare alors qu'il sortait son vit de ses sous-vêtements. Elle le caressa, et il se délecta de ses caresses pendant un moment, fermant les yeux tandis que sa tête retombait en arrière. Elle l'avait pris dans sa bouche la nuit précédente, ou plutôt, au petit matin, avant qu'il ne quitte son lit. Ce simple souvenir faillit le faire jouir dans la main de Juno.

— Assez, s'exclama-t-il, agrippant les hanches de la jeune femme. Mets tes jambes autour de moi.

Il la souleva, la pressant contre le mur tandis qu'elle enroulait ses cuisses autour de ses hanches. Elle glissa sa main entre les deux et le guida en elle. Il s'enfonça profondément, la maintenant fermement contre la pierre alors qu'il plongeait en elle.

Elle gémit bruyamment, ce qui ne fit qu'attiser le désir de

Dare, et elle resserra les jambes autour de lui. C'était tout ce dont il avait besoin.

— Accroche-toi à moi, lui ordonna-t-il, se frottant contre elle avant de commencer à bouger.

Il s'enfonçait en elle vite et fort, prenant garde de ne pas lui faire de mal.

— Oui, Dare. Comme ça ! s'exclama-t-elle, l'embrassant sur la joue et la mâchoire avant de mordre doucement le lobe de son oreille. *Plus vite.*

Elle était une *véritable* déesse, et il se prosternerait devant son autel jusqu'à la fin de ses jours. Il s'enfonça en elle, sentit ses muscles intimes qui se contractaient autour de lui tandis qu'elle atteignait l'extase.

Puis elle jouit dans un torrent de cris, enfonçant les doigts dans son cou et son épaule. Dare bascula la tête en arrière, ses testicules se contractèrent, et il cria quand l'orgasme s'abattit sur lui.

Lorsque son corps s'apaisa, il la fit doucement descendre au sol, mais il ne la lâcha pas. Dare conduisit Juno jusqu'au banc, où il la fit asseoir pour qu'elle reprenne ses esprits.

Il s'adossa au mur et ferma les yeux, haletant, luttant pour reprendre son souffle. Peut-être devrait-il construire une cinquième folie. Avec un lit.

Souriant, il ouvrit les yeux, et il vit qu'elle l'observait.

— Je pense avoir prouvé sans conteste que l'équitation n'est pas surfaite.

Juno pencha la tête sur le côté, puis elle se leva lentement du banc.

— Je pense que c'est plutôt le contraire. Lorsque tu repenseras à cette promenade à cheval, quel sera ton souvenir le plus marquant ? Je pense pouvoir affirmer que ce ne sera pas la partie équitation, lui lança-t-elle avec un sourire provocant.

Dare éclata de rire et prit Juno dans ses bras.

— Je reconnais mon erreur, ma déesse. Je n'ai jamais été aussi heureux d'avoir tort.

En fait, il n'avait tout simplement jamais été aussi heureux.

~

Si l'équitation ne rendait pas Juno endolorie, tous les rapports sexuels entre Dare et elle au cours des dernières vingt-quatre heures le feraient. Elle n'avait pas le souvenir d'avoir jamais passé autant de temps au lit à ne pas dormir. Non pas que toutes leurs activités se soient déroulées au lit. Elle se souviendrait jusqu'à la fin de ses jours de leur aventure dans la folie.

Elle avait eu du mal à se remettre en selle après cela, mais elle y était parvenue. Ils étaient rentrés directement à l'écurie, puis elle était restée loin de lui le reste de la journée. L'évitant de peur de déclencher des rumeurs, elle avait passé l'après-midi avec lady Gilpin, qui lui avait tout raconté sur Presley, leur domaine, où Juno viendrait vivre et travailler avec Dorothy.

D'ordinaire, elle aurait été emplie d'une grande impatience. Cependant, elle se sentait triste à l'idée de quitter Dare. Elle était simplement déçue parce qu'elle était habituée à ce que ses liaisons durent plus longtemps que quelques jours. Ces moments passés avec Dare allaient être écourtés, car la partie de campagne se terminait deux jours plus tard. Et c'était fort dommage, car il était le meilleur amant qu'elle ait jamais connu.

Elle se tourna vers lui, qui somnolait à côté d'elle dans le lit. Il s'était glissé dans sa chambre par la garde-robe, comme il l'avait fait la veille. Ils n'en avaient pas parlé, mais ils avaient su que cela arriverait. Tout au long du dîner, où ils avaient repris place l'un à côté de l'autre, grâce à leur hôtesse entremetteuse, une vague de désir était passée entre eux. Elle avait eu beaucoup de mal à se retenir de le toucher. En fait, elle avait réussi à lui caresser la cuisse à plusieurs reprises. Il avait fait la même chose avec elle.

Il n'y avait pas de torture plus douce ou de plus grande promesse qu'une liaison secrète.

Elle se retourna et se blottit contre lui, fermant les yeux. Le lendemain, ils joueraient aux échecs. Et peut-être trouveraient-ils un placard où s'ébattre.

— Mmmh.

Il grogna contre sa nuque, puis l'entoura d'un bras avant de poser la main sur son sein. Il lui pinça le mamelon, lui arrachant un faible gémissement.

— Ne devrions-nous pas dormir ? s'enquit-elle alors que le désir se manifestait à nouveau entre ses jambes.

— N'étais-je pas en train de dormir ?

Il joua avec son sein, tandis que son sexe durcissait contre son postérieur.

— Moi, je ne dormais pas.

Juno soupira alors que Dare faisait glisser sa main sur son ventre. Il caressa ensuite son clitoris, passant langoureusement ses doigts le long de sa chair intime, transformant son excitation en un brasier de désir.

— Dois-je te laisser tranquille ? lui demanda-t-il avant de déposer des baisers sur son cou et son épaule, mordillant sa chair au passage.

— Pas *maintenant*.

Elle avança son genou sur le matelas, exposant son sexe pour lui en signe d'invitation.

— Je vois. Et si j'insistais ?

Il lui caressa la hanche, puis les fesses, avant que le bout de ses doigts ne vienne taquiner son intimité.

Elle se colla contre lui, avide de ses caresses ; elle avait besoin de lui en elle.

— Tu n'es qu'un vil tentateur.

— Oui, répondit-il simplement, caressant sa chair partout sauf à l'endroit où elle le voulait.

— Vas-tu entrer en moi, oui ou non ? s'impatienta-t-elle, bataillant entre la frustration et le désir.

— Comme ça ?

Il plongea ses doigts en elle.

— Oh, oui !

Juno ferma les yeux et bougea avec lui. Sa hanche glissait sur les draps tandis qu'il la menait à l'extase.

Puis il disparut, mais seulement un instant. Il guida son vit en elle et l'entraîna dans un voyage lent et langoureux. Ils bougèrent à l'unisson, la main de Dare massant le sein de Juno tandis qu'elle caressait sa cuisse. Jamais elle n'avait connu un tel niveau de félicité. Alors qu'elle n'était pas certaine de pouvoir en supporter davantage, il les fit pivoter, la plaquant contre le matelas tandis que ses hanches claquaient contre ses fesses.

Pinçant son mamelon, il lui ordonna de jouir. Incapable de faire autrement, elle se laissa submerger par l'extase ; son corps se raidit alors qu'une énorme vague de plaisir la balayait.

Dare serra fort Juno contre lui et se répandit en elle. Il l'embrassa sur l'épaule, puis il se retira doucement.

Juno sourit, totalement satisfaite, se sentant merveilleusement bien.

— Viens à Bath avec moi quand la partie de campagne sera terminée.

— Je ne peux pas.

Elle se retourna face à lui.

— Pourquoi pas ?

— Je dois me rendre à Londres pour surveiller les travaux de rénovation de ma maison.

— Vraiment ? répondit-elle, repoussant ses cheveux

derrière son oreille. Tu pourrais certainement reporter cela et venir passer quelques jours avec moi avant que je n'aille à Presley.

— Je ne peux pas. Mes plans sont établis depuis des semaines.

Elle s'appuya sur son coude et posa sa tête sur sa main.

— Il ne s'agirait que de quelques jours. Rien qu'un petit changement dans tes plans. C'est loin d'être significatif.

Dare se renfrogna.

— Bien sûr que ça l'est ! On m'attend à Londres.

Juste ciel ! Le duc inflexible était de retour.

— Je comprends qu'il puisse être difficile pour toi de modifier tes plans, mais je sais que tu peux le faire, affirma-t-elle avec un sourire encourageant.

— Non, je ne peux pas, confirma-t-il.

Dare se redressa dans le lit. Ses traits étaient figés sur cette expression revêche qu'elle n'avait pas vue de la journée.

— Peut-être devrais-tu plutôt venir à Londres avec moi.

— Je ne peux pas faire ça. Je dois rentrer chez moi avant d'aller à Presley. Un voyage à Londres ne me le permettrait pas.

— Alors, peut-être ne devrais-tu pas aller à Presley.

Juno s'assit à son tour, ramenant la couverture contre sa poitrine.

— Je devrais aller à Londres avec toi, te suivre comme une maîtresse ?

Elle n'avait jamais laissé les attentes des autres dicter ses choix, preuve en était son mariage avec Bernard et le fait qu'elle avait perdu sa famille à la suite de ce mariage. Entendre Dare lui demander une telle chose la piquait au vif.

— Je suis une femme indépendante, Dare. Je ne suis à la remorque de personne. Je fais mes propres choix. Pour *moi*. Peut-être devrais-tu t'en aller.

L'émotion la fit frémir. Elle serra fort la couverture pour essayer d'arrêter les tremblements.

Dare se glissa hors du lit.

— C'est ce que je vais faire.

Il récupéra son peignoir et l'enfila. La mine renfrognée, il attrapa sa chemise et son pantalon au bout du lit et enfonça ses pieds dans ses chaussures. Du moins, c'est ce qu'il semblait faire puisqu'elle ne voyait pas par-dessus le bord du lit.

Se tournant à demi, il lui jeta un regard noir.

— Tu ne peux pas t'attendre à ce que je change mes plans. Ou qui je suis. Je croyais que tu me connaissais.

— C'est le cas, dit-elle d'une voix douce, avant de soupirer.

Du moins, elle avait cru le connaître, mais quelle importance ? Apparemment, lui ne la connaissait pas vraiment. Mais à quoi s'était-elle attendue ? Cela avait été une merveilleuse parenthèse. Ils savaient tous les deux qu'elle devrait prendre fin.

Pourtant, le fait qu'il attende d'elle qu'elle change ses plans et se conforme aux siens lui rappelait trop ses parents et leur douloureux abandon. Elle avait oublié à quel point il était inflexible, et c'était une bonne chose qu'il le lui ait rappelé. Il lui avait épargné une future déception.

Dare partit sans un mot de plus. Elle contempla le vide, qu'elle ressentit au plus profond d'elle-même.

Oui, il était temps que cela prenne fin. Elle devait retourner à sa vie.

CHAPITRE 13

*D*are avait à peine dormi l'avant-dernière nuit, et, le lendemain, il s'était senti en pleine forme. Il avait dormi un peu plus la nuit précédente, et pourtant, ce jour-là, il avait l'impression d'avoir été traîné derrière un carrosse. Le sommeil, semblait-il, n'avait rien à voir avec cela. C'était une affaire de bonheur... ou de son absence.

Ce jour-là, il n'éprouvait pas de bonheur, rien que de la souffrance. Il avait fait une très longue promenade à cheval le matin, et il avait passé la dernière heure, ou peut-être les deux dernières, à marcher. Il avait tout fait pour éviter la maison.

Non, pour éviter Juno.

Sauf qu'il ne l'évitait pas vraiment. Enfin, pas complètement. Il avait passé du temps dans leur folie, qui resterait à jamais *leur* folie, et il s'attardait maintenant à l'extérieur de l'orangerie.

Pourquoi se montrait-il aussi... inflexible ? Parce qu'il ne savait pas comment ne pas l'être. Il était attendu à Londres. Il avait *besoin* d'aller à Londres. Il ne pouvait certainement pas bouleverser sa vie pour poursuivre une liaison avec la dame de compagnie d'une jeune lady !

Pourquoi pas ?

Il grogna. Parce que passer quelques jours avec elle à Bath avant qu'elle le quitte pour aller prendre son nouveau poste était inacceptable. C'était trop court. Le fait qu'elle s'attende à cela de sa part lui faisait penser qu'elle n'avait pas vraiment appris à le connaître.

Le chagrin le rongeait de l'intérieur. Il avait cru qu'elle avait fini par le comprendre, en dépit de ses bizarreries et de son caractère désagréable. Pour la première fois de sa vie, il avait noué avec quelqu'un une relation qui lui semblait mutuellement bénéfique. Elle avait fait de lui un homme meilleur, il en était absolument certain. Et il pensait avoir eu une influence positive sur elle, qui n'avait rien à voir avec son statut.

Peut-être s'était-il trompé sur ce point. Elle n'éprouvait aucune hésitation à simplement continuer sa vie, à poursuivre son travail sans se soucier de lui. Apparemment, elle n'avait pas été aussi affectée par lui qu'il l'était par elle. Cette idée lui faisait l'effet d'un couteau planté en plein dans sa poitrine. Il avait cru avoir trouvé quelqu'un qui voyait enfin au-delà de sa carapace, qui le mettait à l'aise, qui lui donnait la sensation d'être accepté… enfin.

C'était à cause de cette douleur qui le tenaillait qu'il était parti la nuit précédente. Il n'avait pas pu voir au-delà de ce qu'il ressentait comme un abandon, un abandon de lui et de ce qu'ils avaient trouvé ensemble.

Sauf qu'elle t'a invité à Bath. De toute évidence, elle ne t'abandonnait pas, pas complètement. De plus, si tu l'accompagnais, tu aurais plus de temps avec elle, et n'est-ce pas ce que tu voulais ?

Si. Il ne voulait pas que le bonheur qu'il avait inopinément et miraculeusement trouvé avec elle prenne fin. Et pourtant, il s'était comporté comme un âne, insistant sur le

fait qu'il ne pouvait pas modifier ses précieux plans, lui prou-
vant ainsi qu'il était rigide et exigeant… *inflexible*. Soudain, il
pensa à la famille de Juno, à leur inflexibilité et à leur rigueur
lorsqu'elle s'était mariée et qu'ils n'avaient pas approuvé son
union. Son propre comportement n'était pas meilleur. Mais
c'était qui il était, n'est-ce pas ?

Non. Il voulait tout changer pour elle.

Elle méritait le meilleur qu'il pourrait lui offrir. C'était ce
qu'elle lui faisait ressentir. Elle lui avait donné de la joie, de
l'espoir, de l'amour.

De l'amour ?

Ce mot le frappa comme une pierre. Pouvait-il l'aimer ? Il
avait éprouvé une forte passion, mais jamais d'amour. C'était
une émotion chaotique et inutile. Sauf qu'à cet instant, elle
lui paraissait aussi primordiale que de respirer.

Il l'aimait. Désespérément. L'idée de ne partager que
quelques jours avec elle le rendait malade. Mais celle de ne
plus jamais passer de temps avec elle le mettait dans un état
bien pire encore.

Malgré l'envie irrésistible de se rendre dans la maison et
de le lui dire, il hésitait. Et si elle ne ressentait pas la même
chose ? Juno était une femme forte et indépendante, impatiente de poursuivre ses projets, qui ne l'incluaient pas. Elle
n'avait pas besoin de lui.

Mais y avait-il une chance pour qu'elle veuille de lui ?
Serait-elle prête à renoncer à la vie qu'elle s'était créée pour
devenir sa duchesse ? C'était un véritable bouleversement.
Pour eux deux. Et c'était ce qu'il voulait plus que tout. Il en
avait la profonde certitude.

Dare faisait les cent pas derrière l'orangerie, changeant de
cadence à mesure que de nouvelles idées lui venaient à l'esprit. Il n'avait rien prévu de tout cela. Il n'était donc pas étonnant qu'il soit dans tous ses états. Il s'arrêta, s'obligeant à
prendre une profonde respiration.

Il l'aimait. Il s'était comporté comme un imbécile la veille, et s'il la laissait partir sans lui dire ces deux choses, il le regretterait jusqu'à la fin de ses jours. Et il avait déjà décidé qu'il était hors de question qu'il éprouve le moindre regret.

Tournant les talons, il se dirigea à grands pas vers la maison, et partit à la recherche de sa déesse. Serait-elle dans sa chambre ? Il entendit des voix dans le salon et s'y rendit d'abord. C'était un bon point de départ.

— Voici le duc ! s'exclama chaleureusement lady Cosford alors qu'il s'arrêtait à l'entrée de la pièce.

Assise sur un canapé, elle discutait avec lady Bentham et Mme Hadley. Les deux femmes le scrutèrent, et il se rendit compte qu'il portait toujours ses vêtements d'extérieur. Il aurait probablement dû aller se changer.

Il parcourut la pièce du regard, en quête de Juno. La plupart des invités étaient présents. Mais pas elle. *Bon sang !*

Après avoir fait quelques pas dans la pièce, il porta son attention sur lady Cosford.

— Puis-je vous parler un instant ? demanda-t-il à voix basse, mais suffisamment fort pour qu'elle l'entende.

— Bien sûr.

Elle se leva du canapé et le rejoignit. Puis ils repartirent vers la porte. Dare alla droit au but.

— Pourriez-vous me dire où je pourrais trouver Mme Langton ?

Lady Cosford fronça les sourcils.

— Je suis désolé, mais elle est partie.

Le monde sembla s'estomper autour de Dare. Ses poumons se contractèrent, et il éprouva une étrange sensation dans tous ses membres, comme s'ils n'étaient même plus là. Elle était partie. C'était fini.

Non, ce n'est pas fini, espèce d'idiot ! Va la chercher !

Il tressaillit et roula les épaules.

— Où est-elle allée ?

— Elle est partie pour Bath.

— Quand ?

— Il y a une heure environ ? répondit lady Cosford, qui semblait incertaine.

— Comment est-il possible que vous ne le sachiez pas ?

Sa voix commença à s'élever, à mesure que toutes les merveilleuses émotions qu'il venait tout juste de reconnaître se dissipaient.

Rien de tout cela n'était censé se produire. Il n'était pas censé tomber amoureux, ou se montrer assez stupide pour la laisser partir.

— Nous pouvons demander aux écuries quand elle est partie. Elle a pris l'une de nos calèches, l'informa lady Cosford qui parlait de façon calme et utile, mais qui ne parvenait pas à apaiser son agitation.

— Quelque chose ne va pas ? demanda lady Bentham quelque part dans la pièce.

À cet instant, Dare avait une vision en tunnel, il ne voyait plus que son hôtesse. En vérité, il ne la voyait même pas vraiment. Il voyait Juno, mais elle était terriblement loin. Pourrait-il jamais la rattraper ? Arrivait-il trop tard ?

Le cœur de Dare martelait violemment sa poitrine. Sa nuque était couverte de sueur froide.

— Est-ce que vous allez bien ? s'enquit lady Cosford, mais sa voix lui parvenait comme si elle était au fond d'un trou.

— Il n'a pas l'air d'aller bien.

C'était à nouveau lady Bentham, plus près qu'avant ; mais c'était comme si elle était derrière quelque chose.

Il sentit qu'on lui touchait le bras, et il l'écarta instantanément, faisant un pas de côté. Il cligna des yeux, et il put finalement voir la pièce. Qu'est-ce qui venait de lui arriver ?

Regardant autour de lui, il repéra lady Cosford.

— Je dois aller la chercher. Immédiatement.

Il n'irait même pas changer de vêtements.

— Je vais faire préparer votre calèche, l'informa lady Cosford.

— Quelle magnifique surprise ! murmura lady Bentham. La bonne société en sera tout émoustillée.

Lady Cosford se tourna vers l'autre femme, les yeux plissés.

— N'avez-vous pas honte ?

— Oh, si ! Mais pas à ce sujet, répondit-elle en riant, regardant Dare. Le duc sait comment fonctionne le monde. Dès qu'il a déclaré son intention de partir à la recherche de Mme Langton, il savait que son secret, quels qu'en soient les détails, serait révélé au monde entier. Imaginer que les personnes présentes dans cette pièce ne partageraient pas des informations aussi délicieuses serait indigne de son intelligence.

Elle avait raison. Mais il n'y avait pas réfléchi avant de parler. Il n'avait réfléchi à rien. Il n'y avait eu aucune stratégie dans ses paroles, rien qu'un besoin primitif de rejoindre la femme qu'il aimait. Juno aurait été ravie de constater que son inflexibilité avait disparu.

Fort de cette pensée, il se tourna vers lady Bentham.

— Ce n'est pas un secret. Je suis amoureux de Mme Langton et je dois le lui dire dès que possible. Si cela vous rend heureuse de propager cette information, je vous en prie, n'hésitez pas. Honnêtement, je me fiche que le monde entier soit au courant. Même si je préférerais qu'elle l'entende de ma bouche, ajouta-t-il avec ironie, surpris et reconnaissant d'avoir retrouvé ses sens.

— Je l'ai entendu.

Dare crut qu'il entendait des choses. Mais il se tourna vers la porte, et elle était là. Sa déesse était revenue.

≈

*J*uno dévisageait Dare, persuadée qu'elle avait dû mal entendre. Il l'aimait ? Et il l'avait dit devant toutes les personnes présentes dans cette pièce ?

Tous les invités étaient concentrés sur le drame qui se jouait sur le seuil de la porte. Juno se demandait ce qu'elle avait manqué. Mais elle n'était pas certaine que cela ait de l'importance. Pas s'il avait vraiment dit ce qu'elle avait cru entendre.

— Tu es revenue, dit simplement Dare, dont les traits reflétaient sa joie.

C'était une chose étrange à voir, et Juno cilla, comme si elle regardait le soleil.

— J'ai entendu, répéta-t-elle lentement. Est-ce que je viens de t'entendre...

— De m'entendre dire que je t'aime ? *Oui.* Je me suis comporté comme un imbécile. Un grincheux inflexible, obtus, et qui réfléchit trop. Qui aimerait te supplier de le pardonner.

— Es-tu sûr de vouloir avoir cette conversation ici ? murmura-t-elle, lançant un regard appuyé vers lady Bentham, qui les observait et les écoutait avec un vif intérêt.

— Oui. Je me fiche de savoir qui entend ce que j'ai à dire, affirma-t-il, puis il plissa le front. À moins que cela ne te gêne. Peut-être préférerais-tu que je ferme la bouche et que je ne prononce plus jamais un seul mot.

Elle ne put s'empêcher de sourire, ravie qu'il fasse passer ses sentiments avant les siens. Elle avait eu vraiment tort de le comparer à ses parents, d'oublier qu'il se débattait contre sa propre rigidité.

— J'avoue que je suis choquée de t'entendre parler autant, et encore plus de t'exposer... à ce point. Mais je serai ravie d'entendre ce que tu as à dire, quelle que soit la manière dont tu veux le faire.

Si elle avait tenu à son avenir professionnel en tant que dame de compagnie, elle l'aurait fait taire. Cependant, elle était presque certaine que son rôle était déjà menacé, puisque lady Gilpin était assise à proximité et que son attention était entièrement concentrée sur eux.

Mais, plus encore, elle voyait la carapace rigide de Dare se fissurer, et elle ne pouvait se résoudre à l'arrêter. C'était un moment important pour lui. Et, avec un peu de chance, pour eux deux.

Il posa un genou à terre devant elle, et plusieurs halètements se firent entendre. Le cœur de Juno s'emballa, martelant ses côtes tandis qu'une vague de bonheur et d'impatience la submergeait.

— En plus d'implorer ton pardon…

— Tu l'as ! l'interrompit-elle, car elle ne voulait pas qu'il passe une seconde de plus à croire qu'elle était en colère ou déçue. Il n'y a rien à pardonner. J'aurais dû me montrer plus compréhensive. Je te connais et j'aime toutes tes excentricités.

Ses lèvres se courbèrent pour former le sourire le plus éblouissant qu'il ait jamais affiché. Juno dut se retenir de lui sauter dessus et de le plaquer sur le tapis.

— Tu m'aimes ?

Elle acquiesça.

— Comme c'est inattendu, murmura-t-il en lui prenant la main. Et merveilleux. En plus d'implorer ton pardon, alors qu'apparemment ce n'est pas nécessaire, j'avais aussi prévu de profiter de ce moment pour te supplier de devenir ma femme. Juno, ma déesse, me feras-tu l'honneur de devenir ma duchesse ?

Une duchesse ! Juno avait envisagé de nombreuses possibilités quand elle avait décidé de faire demi-tour avec la calèche et de retourner à Blickton, y compris le mariage. Cependant, elle était aussitôt parvenue à la conclusion que cela n'arriverait jamais. Quel duc demanderait en mariage une dame de compagnie ? En particulier un duc avec des plans bien établis et des attentes.

Elle plaqua sa main libre sur sa bouche quand l'émotion la submergea. Elle ne s'était pas attendue à ce qu'il dise qu'il l'aimait. Et elle n'avait assurément pas imaginé *cela*.

— Tu avais prévu ? fut tout ce qu'elle parvint à dire, abaissant brièvement sa main sur son menton.

Il haussa un sourcil.

— Tu ne vas pas me dire que cela te surprend ?

Un gloussement s'échappa de sa bouche, et elle remonta sa main pour sceller ses lèvres. Inspirant par le nez, elle laissa finalement retomber sa main et tâcha d'apaiser le torrent qui l'habitait.

— Non, cela ne devrait pas me surprendre.

— Allez-vous lui donner une réponse ? s'enquit lady Bentham en souriant.

— Oui, dit Juno d'une voix douce, caressant la joue de Dare. Oui, je vais t'épouser, même si je ne vois pas pourquoi tu me choisirais.

Il fronça les sourcils ; tout à coup, il ressemblait davantage au duc inflexible, qu'elle aimait aussi.

— Parce que tu es intelligente, pleine d'esprit, forte, charmante, et que tu me fais sourire.

— Cette dernière partie devrait suffire, plaisanta lady Bentham. Vous êtes peut-être la seule personne au monde à pouvoir le faire.

Un petit sourire se dessina sur les lèvres de Dare, et Juno éclata de rire.

— Ce n'est pas vrai, lady Bentham. Mais tu as raison, ajouta-t-elle en serrant la main de Dare, le regardant droit dans les yeux. Je passerai le reste de ma vie à te faire sourire, à tel point que tes lèvres manqueront de tomber.

Dare se releva et déposa un baiser sur le poignet de Juno.

— Je prierai pour que cela n'arrive pas, car mes lèvres me sont d'une utilité particulière et essentielle. Ainsi qu'à toi, ajouta-t-il dans un murmure rauque.

— Tu marques un point, mieux que Lady Bentham, dit-elle doucement, la poitrine contractée par une avalanche d'émotions.

Elle ne s'était jamais sentie aussi comblée, même lorsqu'elle était tombée amoureuse de Bernard. Elle se rendit compte que cela avait été une autre sensation, un jeune amour plein d'enthousiasme et de passion. Cet amour était mûr et solide, et aimer cet homme lui donnait l'impression que c'était… bien. Ce qui n'était pas rien, puisqu'elle ne s'était jamais sentie mal. En fait, elle s'était sentie parfaitement satisfaite de sa vie. Si satisfaite qu'elle avait failli se dissuader de revenir. Jusqu'à ce qu'elle finisse par admettre que Dare avait totalement anéanti ce contentement lorsqu'il avait fait irruption dans sa vie. Apparemment, l'amour arrivait au moment où on l'attendait le moins.

— Je dois te dire, murmura-t-elle à l'attention de Dare. Ce n'est pas ce à quoi je m'attendais. Je croyais que nous nous attacherions l'un à l'autre, mais pas que nous nous marierions. J'ai pris un engagement envers lady Gilpin, et je ne me sens pas bien à l'idée de l'abandonner.

Elle jeta un regard à cette femme qui était presque son employeuse, avec une pointe de culpabilité.

— Bien sûr que tu te sens mal. Tu es la femme la plus loyale que je connaisse. Veux-tu toujours l'aider ?

— Oui. Mais, et je veux être très claire sur ce point, ma loyauté première est envers toi. Envers nous.

— Tu m'honores.

Sa voix était profonde et douce, son expression pleine d'amour. Dare glissa un bras autour de la taille de Juno et ils se tournèrent vers lady Gilpin.

— Si cela vous convient, Mme Langton continuera à aider votre fille à se préparer pour la saison. Après notre mariage.

Les yeux de lady Gilpin s'arrondirent. Elle porta une main à sa poitrine.

— Ce… euh… ce n'est pas nécessaire.

— Peut-être pas, mais la parole de Juno l'engage, et elle souhaiterait vivement honorer son engagement.

— Je serais très heureuse de venir en aide à Dorothy pour ma dernière mission de dame de compagnie, ajouta Juno.

Elle ressentit un élan d'amour supplémentaire pour Dare en le voyant la soutenir ainsi.

— Alors oui, dit lady Gilpin avec un sourire reconnaissant. Nous serions ravis que la duchesse de Warrington prépare notre fille pour sa saison.

Ainsi présentée, Dorothy ne pouvait qu'avoir des débuts inoubliables. Juno y veillerait.

— Eh bien, je pense qu'un dîner de fête s'impose, annonça Cecilia, rayonnante.

Elle lança un regard ravi à sa nouvelle amie et inclina la tête doucement.

Merci, mima Juno.

— Pourrions-nous nous en aller maintenant ? murmura Dare contre son oreille.

— Oui, répondit-elle, puis elle balaya la pièce du regard. Nous vous verrons au dîner.

Ensuite, Dare et elle quittèrent le salon, et il l'entraîna dehors.

— L'orangerie ? demanda-t-elle.

— Cela semble approprié, confirma-t-il, puis il lui ouvrit la porte et elle entra dans le bâtiment chauffé.

S'avançant plus loin à l'intérieur, elle sentit qu'il n'était pas derrière elle. Elle se retourna, puis le vit debout contre la porte fermée, le regard fixé sur elle, avec une sombre détermination.

Elle fut prise de frissons agréables.

— Je suis sincèrement désolée de ne pas avoir été plus compréhensive hier soir. Je n'aurais pas dû être aussi exigeante. Avec le recul, j'ai eu peur que tu m'abandonnes comme l'ont fait mes parents.

Il se précipita vers elle et la prit dans ses bras.

— Ma chérie, jamais je ne pourrais faire une telle chose. Ce sera une torture pour moi quand tu iras aider la fille de lady Gilpin.

Juno l'embrassa alors que la joie menaçait de l'engloutir tout entière.

— Ce sera une torture pour moi aussi.

— Quant au fait que tu sois exigeante, que t'ai-je dit à ce sujet ? grogna-t-il, attisant son désir. Je veux que tu le sois avec moi. Toujours. L'une des choses que j'aime le plus chez toi, c'est ta totale impatience face à mes bêtises. Tu fais de moi un homme meilleur.

— Cela n'a jamais été mon intention, affirma-t-elle, lui caressant la joue. Je n'ai jamais rencontré quelqu'un d'aussi stoïque. Tu m'as incitée à te provoquer. Je n'ai jamais eu l'intention de te changer, et je n'aurais pas dû m'attendre à ce que tu le fasses hier soir.

— J'aime être moins inflexible… avec toi, du moins. Je me fiche éperdument de ce que pensent les autres, lui dit-il avant de l'embrasser à nouveau. Tout ce qui m'importe, c'est ce que toi, tu penses.

— Je pense que je suis heureuse que nous nous soyons rendu compte que nous sommes mieux ensemble que séparés, lui dit-elle, puis elle se mordit la lèvre. J'espère simplement que les gens m'accepteront. Des gens comme ta famille, par exemple.

— Ma mère t'adorera parce que je t'adore. En fait, j'ai hâte que tu la rencontres. Je suis plus inquiet au sujet de ta famille.

— Pourquoi ? Ils ne comptent pas.

— Je pense que si, répondit Dare d'une voix douce. J'ai la ferme intention de les ramener de force dans ta vie, et si tu décides que tu ne veux pas d'eux, alors c'est nous qui les ignorerons. Pas l'inverse.

L'émotion prit Juno à la gorge.

— Tu es le meilleur des hommes. Ma mère sera choquée que j'épouse un duc, dit-elle avant de secouer la tête. Je ne suis pas certaine que j'y croirai tant que ce ne sera pas vrai.

— Je me disais que nous pourrions nous marier avec un permis spécial, puisque tu as d'autres obligations. Cela serait-il acceptable pour toi ?

Lorsqu'elle le regarda, il y avait dans les yeux de Juno de l'amour et de la gratitude.

— C'est plus qu'acceptable. C'est adorable. Où voudrais-tu que la cérémonie ait lieu ?

— À Londres. Et pas parce que j'ai *besoin* d'y aller, ajouta Dare en levant les yeux au ciel, ce qui la fit rire. C'est là que nous pourrons le plus facilement obtenir le permis. Je vais envoyer chercher ma mère pour qu'elle nous rejoigne là-bas, si cela te convient.

— Ce serait merveilleux.

— Je vais écrire à ton père pour l'informer de mes intentions. Dois-je les convier à venir aussi ? Je pense que nous nous marierons dans la semaine, alors s'ils ne peuvent pas arriver à temps, tant pis pour eux.

Juno se hissa sur la pointe des pieds et embrassa Dare.

— Je t'aime tellement, mon duc inflexible !

Il l'entoura de ses bras et la serra contre lui.

— J'essaie de ne pas l'être. Inflexible, je veux dire.

Faisant rouler ses hanches contre les siennes pour les appuyer sur son sexe dur, elle remarqua :

— Je dirais que tu échoues de façon assez spectaculaire. Et je n'ai aucune raison de m'en plaindre. En fait, promets-moi que tu n'arrêteras jamais.

Dare bascula la tête en arrière et rit avec un total abandon, ce qu'un duc inflexible ne ferait jamais.

— Je t'en fais le vœu le plus sincère, ma déesse.

Il abaissa sa bouche contre celle de Juno et l'embrassa
passionnément. Puis il se recula et la regarda droit dans les
yeux.

— Mon amour pour toi est ferme et immuable. Éternel.

ÉPILOGUE

Londres

— Échec et mat.

Dare contemplait l'échiquier. Il l'avait vu venir, bien sûr, mais il était encore stupéfait de voir à quel point Juno avait progressé en si peu de temps. Cela étant dit, cela n'aurait pas dû l'étonner, car elle était la femme la plus intelligente qu'il ait jamais connue.

— Bien joué, murmura-t-il avec beaucoup d'admiration, son regard croisant celui de son épouse.

Elle lui décocha un sourire fier, puis elle se tourna vers la mère de Dare, assise non loin à faire de la broderie.

— J'ai gagné, Mama.

La douairière avait insisté pour que sa nouvelle belle-fille l'appelle ainsi. Elle adorait Juno tout comme Dare l'avait prédit.

— Bravo ! s'exclama la douairière, posant son ouvrage

pour prendre son verre de sherry. Un toast à la duchesse et à sa victoire !

Dare prit son verre de porto au moment où Juno faisait de même. Tous trois portèrent un toast avant de boire.

— Il est bien dommage que vos parents et votre grand-père soient partis ce matin, poursuivit la douairière. Je pense que le baron aurait été ravi de votre triomphe.

Le baron s'était montré étonnamment charmant, et Dare l'avait beaucoup apprécié. Les parents de Juno étaient moins… aimables, mais c'était sans doute parce qu'il leur en voulait de la manière dont ils avaient traité Juno ces dernières années. Il n'avait pas pu s'empêcher de souligner que leur fille s'était mariée une nouvelle fois sans leur permission, même si, cette fois-ci, son union semblait être davantage à leur goût. Juno lui avait donné un méchant coup de coude pour cela. Plus tard, elle avait soigné sa blessure inexistante, bien entendu, et l'avait remercié avec joie d'être le meilleur des maris.

La mère de Dare se leva et leur souhaita une bonne nuit.

— Je crois que je vais aller me coucher. Vous me manquerez quand vous partirez vous occuper de votre protégée, dit-elle à Juno.

— Vous me manquerez aussi, Mama, répondit cette dernière avec chaleur. Mais nous serons à nouveau ensemble pour les fêtes de fin d'année, puis vous reviendrez à Londres pour la saison.

— J'ai hâte d'y être. Bonne nuit, mes chéris.

Elle adressa à Dare le même regard qu'elle posait sur lui depuis qu'elle était arrivée à Londres pour rencontrer Juno : un regard empreint d'un amour absolu et de gratitude. Elle était extrêmement heureuse qu'il soit heureux.

Et cela ne faisait qu'amplifier son bonheur. Il s'était mué en une espèce de pulpe molle… ou quoi que ce soit à l'opposé d'inflexible.

— Mmmh, devrions-nous aller au lit, nous aussi ? s'enquit Juno. Il ne nous reste que deux nuits avant que je parte pour Presley.

— Je commence à penser que je devrais venir avec toi.

Elle secoua la tête.

— Non. Tu constituerais une énorme distraction, et je ne peux pas me le permettre. Même si je n'ai pas vraiment échoué avec Marina, je ressens le besoin de faire de cette mission mon plus grand succès à ce jour.

— Évidemment que tu n'as pas échoué avec elle, dit Dare d'une voix douce. Elle te l'a dit.

Lady Marina leur avait écrit à l'annonce de leurs fiançailles et leur avait souhaité beaucoup de bonheur. Elle semblait de bonne humeur, du moins sur le papier.

— Sans doute que non. J'espère avoir l'occasion de la revoir à un moment de l'année. Peut-être pendant la saison. En attendant, nous ne serons séparés qu'un mois.

— Plutôt cinq semaines, la corrigea Dare.

— J'aime le fait que tu sois parfaitement conscient du nombre de jours où nous serons séparés. Le temps passera vite, et je serai avec toi pour les vacances.

Juno se leva de sa chaise et fit le tour de la petite table. Il se recula, puis tourna son siège de sorte de pouvoir asseoir Juno sur ses genoux.

— Je viendrai te chercher. J'insiste. En fait, je devrais même t'y emmener. Cela nous donnerait deux jours de plus, et une nuit ensemble.

Il enfouit son visage dans son cou et embrassa sa peau chaude.

— Deux nuits, en fait, puisque tu devras rester à Presley avant de repartir.

— Tu ne dis pas non, remarqua-t-il, et son sang se mit à bouillonner, à la fois à cause du voyage vers Presley, mais aussi à cause des dix prochaines minutes.

— Apparemment, non, confirma-t-elle en glissant les doigts dans les cheveux de son mari, massant son cuir chevelu tandis qu'il se régalait de son cou et de sa clavicule. Oui, viens avec moi. Mais tu ne restes pas.

Dare posa une main sur la nuque de Juno et l'attira à lui pour un long baiser torride.

— Nous verrons si je peux te faire changer d'avis.

— Si quelqu'un peut y parvenir, c'est bien toi, mon amour. Contrairement à toi, j'ai toujours été assez flexible.

— Mmmh, lui dit-il avant de l'embrasser à nouveau. Montre-moi.

Découvrez ce qui se passe lors de la partie de campagne de Blickton en 1803, où les rencontres et l'amour véritable sont fréquents ! Poursuivez la série *Chroniques de rencontres* avec *Le Comte sans héritier*.
Un célibataire pourrait enfin avoir sa chance avec la femme qui a conquis son cœur des années plus tôt, s'il parvient à convaincre la veuve d'aimer à nouveau.

Si vous voulez savoir quand mon prochain livre sera disponible et être averti des ventes spéciales, inscrivez-vous à ma newsletter en anglais sur https://www.darcyburke.com/join ou en français https://darcyburkefrancais.com/newsletter/ et suivez-moi sur les réseaux sociaux :

Facebook: https://facebook.com/DarcyBurkeFans
Instagram darcyburkeauthor

Vous aimez les romans Régence ? Découvrez mes autres séries historiques :

Les Insaisissables
Laissez-vous charmer par les douze célibataires les plus séduisants et les plus insaisissables de la société, ainsi que par les jeunes filles discrètes et marginales qui les font chavirer !

Les Insaisissables : Les Imposteurs
Au cœur de l'univers captivant des *Insaisissables*, suivez la saga d'une fratrie de trois enfants qui excellent dans l'art d'être ce qu'ils ne sont pas. Un intrépide coureur de Bow Street, un vicomte anéanti et une demoiselle de la société désabusée peuvent-ils dévoiler leurs secrets ?

Il y a de l'amour dans l'air
Des contes de Noël classiques réconfortants (écrits après la Régence !) revisités au temps de la Régence, mettant en scène un village chaleureux, une fratrie de trois enfants, et le plus beau des cadeaux : l'amour.

Le Club des ducs fringants
Six livres écrits avec ma meilleure amie, Erica Ridley, auteure de best-sellers du New York Times. Rencontrez les hommes inoubliables de la taverne la plus célèbre de Londres, *Le Duc fringant*. Beaux, attirants, charmants et pleins d'esprit, une nuit avec ces séducteurs et voyous ne sera jamais suffisante…

J'espère que vous accepterez de laisser un avis sur le site de votre boutique en ligne ou de votre réseau préféré ! J'aime tellement mes lecteurs. Merci beaucoup!
xo,
Darcy

DU MÊME AUTEUR

Une capitulation secrète

Une scandaleuse aubaine

Un voyou à briser

Il y a de l'amour dans l'air

Le Comte flamboyant

Le Cadeau du marquis

La Joie du duc

Le Club des Ducs Fringants

Une nuit de séduction par Erica Ridley

Une nuit d'abandon par Darcy Burke

Une nuit de passion par Erica Ridley

Une nuit de scandale par Darcy Burke

Une nuit d'adieu par Erica Ridley

Une nuit de tentation par Darcy Burke

À PROPOS DE L'AUTEUR

Darcy Burke est l'auteure à succès USA Today de romance sexy, sentimentale historique et contemporaine. Darcy a écrit son premier livre à 11 ans, une fin heureuse entre un cygne accro à la magie et une femelle cygne qui l'aimait, avec des illustrations extrêmement pauvres.

Native de l'Oregon, Darcy vit en bordure des vignes avec son mari guitariste, une fille artiste d'un incroyable talent, et un fils débordant d'imagination qui écrira sans doute un jour mieux qu'elle (et peut-être dès demain). Ils forment une famille-à-chats un peu folle, avec deux bengals, un petit chat en quête de notoriété qui porte le nom d'un fruit, un vieux maine-coon rescapé plutôt arrogant, et une collection de chats du voisinage qui trainent sur la terrasse et entrent quelquefois. Vous trouverez Darcy au chai, dans son confortable fauteuil d'écrivain avec son portable et un ou trois chats sur les genoux, en train de plier son linge (ce qu'elle adore), ou encore devant le télévision avec sa famille. Ses havres de bonheur sont Disneyland, le week-end du Labor Day au Gorge, Le Danemark et partout au Royaume-Uni – tant que sa famille y est aussi. Retrouvez Darcy en ligne à https://www.darcyburkefrancais.com et suivez-la sur ses réseaux sociaux.